Kehrseite

AF282663

Für 3 wichtige Menschen:
Meine Mutter - meine Frau - meine Tochter.

Peter Trunzer

Kehrseite

Kein Arztroman

Alle Rechte beim Autor
Herstellung und Verlag: Books on Demand GmbH, Norderstedt
ISBN 3-8334-0022-6

Vorwort zur ersten „Kleinausgabe" 1991

Diese Geschichte tippte ich 1984 auf meiner alten Schreibmaschine, mit schlechtem Farbband und vielen Fehlern. Heute, 1991, blättere ich die Seiten durch, die ich damals in der vagen verzweifelten Hoffnung schrieb, etwas von mir der Nachwelt erhalten zu können.

Die Texte rühren mich aufs Neue an, sie wühlen Verdrängtes und Vergessenes auf und ich entschließe mich, das Ganze noch einmal aufzuschreiben, heute bequemer mit Schreibcomputer, ansonsten aber möglichst unverändert. Warum eigentlich? Mich an alten Ängsten weiden? Mich wichtig machen?

Die Fügung oder das Schicksal oder der Zufall haben es so gewollt, dass ich heute als Arzt mit der Menschengruppe zu tun habe, zu der ich damals auch gehörte: den Krebspatienten. Jetzt bin ich wieder auf der anderen Seite, vernarbt zwar und gezeichnet, doch wer ahnt das schon, dass ich auch die „Kehrseite" kennen gelernt habe?

Vorwort zur Ausgabe 2003

Wieder habe ich mir die alten Texte vorgenommen und wieder geht es mir so, dass sie mich anrühren. Der Text erscheint mir jetzt fremder, als wäre er gar nicht von mir selbst und es fällt mir schwer, mich in allem wieder zu erkennen, was ich damals geschrieben hatte.

Damals schrieb ich an gegen die Angst - und gegen das Vergessenwerden. Ich fühlte, wenn ich etwas niederschrieb, würde vielleicht etwas von mir auf der Welt bleiben, auch nach meinem Tod. Denn der Tod war plötzlich nichts Fernes, Abstraktes mehr, wie sonst für Dreiundzwanzigjährige. Er rückte in meine persönliche Nähe.

Das Schreiben und Dichten war wohl eine Art Selbsthilfe. So etwas nennt man heute „Poesie- und Bibliotherapie": Selbstheilung durch Erzählen und durch Texte.

Warum nun dieses erneute „Outing", zwanzig Jahre danach? Wahrscheinlich nach wie vor aus dem Wunsch heraus, etwas für andere zu hinterlassen. Aber vor allem auch aus einem Grund: Ich will anderen Betroffenen Mut machen. Mut, zur Krebserkrankung zu stehen und sich nicht zu verstecken.
Krebserkrankungen sind nämlich immer noch mit einem gesellschaftlichen Tabu belegt.
Dies rührt wohl aus unbewussten, archaischen Ängsten her:
Wenn man drüber redet, bekommt man's vielleicht auch.
Unter dieser „Sprachlosigkeit" meiner Umgebung habe ich damals sehr gelitten. Betretenes Schweigen der andern, Blickkontakt meiden, verschämtes Verschweigen meinerseits...

„Krebs muss gesellschaftsfähig werden" - das ist eins der Schlagworte, die ich heute in meiner Arbeit als Klinikchef, in Selbsthilfegruppen und in der Öffentlichkeit gern gebrauche.
Der Abbau schädlicher Tabus schützt vor der Isolation der Betroffenen.
Darüber reden entmystifiziert die Krebserkrankung und hilft gegen die Angst.

Keiner rechnet ja wirklich damit, Krebs zu bekommen, die Betroffenen sind immer die anderen. Das kann sich schlagartig ändern und dann ist das Entsetzen da. So ging es auch mir.

Aus welchem Grund auch immer jemand dieses Buch liest: Er wird viel über mich erfahren, über meine Denk- und Gefühlswelt als junger Mann und über den radikalen Einschnitt, den eine Krebserkrankung bedeutet. Dies bedeutet Authentizität: Ich habe es wirklich erlebt.

Und ich habe es überlebt.
Bei aller Intensität der Gefühle und trotz vieler negativ wirkender Schilderungen: Mein Wunsch ist es, dass dieses Buch positiv und ermutigend auf Menschen wirkt.

Im zweiten Teil nehme ich zu einigen Themen Stellung, wie ich sie heute sehe, nach langjähriger Tätigkeit als Arzt und Betreuer - vielleicht sehr kritisch, aber hoffentlich auch erhellend.

Hier beginnt der alte Text und er fängt mittendrin an im damaligen Lebensgefühl, es war im Winter 1984, in der Phase der Chemotherapie:

Zeit

Endlich warme Füße. Es ist wichtig für mich, warme Füße zu haben; der Trick, meine Hausschuhe auf die Heizung zu legen hätte mir auch früher einfallen können! Hier am Küchentisch bringe ich Stunde um Stunde zu, seit Wochen beginnt und vergeht hier mein Tag. Die Morgenzeitung nimmt viel Zeit in Anspruch, manchmal bastle ich an einer Puppe herum, manchmal kommt Besuch. Um mich herum ist meine Mutter tätig; ich glaube, sie kocht, mich stört es wenig. Hauptsache, warme Füße. Das rotweiße Karomuster der Tischdecke ist mir in seiner weitflächigen Gleichförmigkeit vertraut, ebenso wie das stete metallische Ticken unserer Küchenuhr. Die Uhr, Marke Junghans, noch eine zum Aufziehen ohne Batterie, schmucklos milchweiß, hängt bei uns schon solange ich denken kann. Ihr Ticken besteht eigentlich aus mehreren Geräuschen, ein Klick ist dabei, ein Schaben und ein Klopfen, aber auch ein helles Klingen. Oft höre ich gar nichts davon, aber manchmal, so wie jetzt, wird es zur schier unerträglichen Ohrenpein, indem es sich durch die Gehörgänge mit stets gleichem Takt hineinbohrt ins Bewusstsein, mit jeder Sekunde neuen Antrieb erhaltend.

Gerne sitze ich nur so da, wie ein müder Greis, der nichts mehr mit sich anzufangen weiß. Meine Mutter fragt etwas, ich bin irgendwie weit weg und höre nur halb hin, muss nachfragen: Ach, eigentlich ist es mir egal, was wir zu Mittag essen. Ich denke jetzt häufig an früher, ohne Erregung, aber meist mit etwas Wehmut. Mein Leben lässt sich sehr einfach in Kapitel und Abschnitte unterteilen. So geordnet, kann ich es leicht in meinem Gedächtnis vorbeiziehen lassen; Kind, Dorfschule, Gymnasium, die Mopedzeit, das Halberwachsensein bis zum Abitur. Seit die Schule zu Ende ist, haben die Kapitel schneller gewechselt. Das alte Gleichmaß bestand nicht mehr, vieles entwickelte sich parallel statt nacheinander. Vielleicht liegt darin der Grund für alles: dass das alte Gleichmaß verloren ging. Dieser Verlust begann damit, dass mich die Bundeswehr, kaum war das Abitur vorbei, zum ersten Mal für längere Zeit aus meiner gewohnten Vertrautheit riss.

Beddes

Als „Beddes" wurde man angeredet, als „Fuchs" oder „Frischling", und zwar von allen, die in der für uns zunächst undurchsichtig erscheinenden Bundeswehr-Hackordnung höher zu stehen glaubten. Hundertfünfzig blaue Trainingsanzüge standen im Kasernenhof, berieselt vom Sprühregen, der feintropfig in Hals und Nacken schlüpfte, und von den markigen Begrüßungsworten des Kompaniechefs. Zum Impfen traten hundertfünfzig nackte Oberkörper an, mehr oder weniger muskulös, zum Teil von Pickeln mit gelbem Pfropf und rotem Hof übersät, aber alle in der Kühle des Sanitätsgebäudes gänsehäutig fröstelnd.

Marschdrill. Links! ... zwo ... drei ... vier... es gab in diesem Augenblick für jedes der Gehirne unter den hundertfünfzig grünen Käppchen nur das eine Bedürfnis, nämlich die Bewegungen des dazugehörigen Körpers mit diesem Kommando in Gleichtakt zu bringen, um nur ja nicht aus der wohlgepressten Form des Ganzen herauszufallen. Eigenes Denken war überflüssig, es war am bequemsten und brachte am wenigsten Schwierigkeiten ein, die nicht selten sinnvollen Befehle der Vorgesetzten zu befolgen, dazu waren sie ja da.

Kompaniiiie! Auf!...stehen! Kompaniiiie! Za!...pfenstreich! Der UvD (Unteroffizier vom Dienst) wurde morgens um halb sechs und abends um zehn von hundertfünfzig hellblauen Schlafanzügen in durchgelegenen Etagenbetten einmütig gehasst, wenn er jene Befehle über die Gänge brüllte.

Nachtalarm. Auf dem Gang Trillerpfeifen. Schlaftrunken begriffen wir nur langsam, dass es jetzt galt, sich feldmäßig auszurüsten und aus der Bettwärme in die Kühle der Nacht hinauszustürzen. Verzweifelte Hektik auf der Stube: Wo ist meine Koppel? Verdammt, der Riemen klemmt, so helft mir doch mal! Alle hatten Angst, zu langsam zu sein, denn das bedeutete Ausgangssperre am Wochenende.

Maskenball: Wir mussten innerhalb weniger Minuten vom Kampfanzug Winter zum Trainingsanzug gewechselt haben, um gleich darauf in voller Sturmausrüstung anzutreten und dann gleich wieder in neuer Montur zu erscheinen. Wohl uns, die wir das gesetzte Zeitmaß geschafft hatten! Nach einigen Angst und Schweiß erfüllten Durchgängen durften wir abtreten, danke, lieber Spieß! Aber unten im Hof standen noch immer zehn Kameraden. Sie waren zu langsam gewesen. Vor ihnen stand der Spieß, eine Trillerpfeife im Mund, die Stoppuhr in der Hand. Triller ... die zehn verschwanden ... triller ... triller ... nur zwei waren rechtzeitig zurück und wurden erlöst. Triller ... acht verschwanden ... triller ... zu spät! Manche wankten schon vor Erschöpfung. Triller! Nochmal alle hoch! Was war das? Plötzlich hing die ganze Kompanie in den Fenstern des Mannschaftshauses. Der kleine, sonst ganz unauffällige Kamerad Schröder war auf den Spieß zugerannt, sein Kopf ein roter, verschwitzter Ballon, die Augen weit aufgerissen. Windmühlenhaft armrudernd hatte er geschrien: „Du Schwein, du Schwein!" und versucht, den Feldwebel zu würgen. Schnell sprangen zwei Unteroffiziere hinzu, warfen Schröder zu Boden und bedrohten ihn mit ihren Maschinenpistolen. Ob sie geschossen hätten? Unser Kamerad lag auf der Erde, erniedrigt, weinend. Wir ertrugen die Szene mit der Stupidität der Gehorsamen. Unser einziger Held wurde abgeführt, „Cafe Viereck", die Arrestzelle, erwartete ihn.

„Uzzi" wurden sie genannt, diese kleinen Maschinengewehre, mit denen die Unteroffiziere und Feldwebel herumstolzierten; Insignien der Macht, unabhängig von Intelligenz oder persönlicher Autorität. Ob sie tatsächlich geladen waren?

Eigener Wille und eigene Würde blieben stecken in dem Morast, durch den wir bäuchlings robben mussten, wurden hinweggefegt beim Revierreinigen, wurden vergessen, wenn beim Geländemarsch nur noch mechanisch ein Stiefel vor den andern trat und der restliche Körper ausgesogen und abgestorben schien. Würde war unwichtig, wenn man morgens in der Schlange vor den Aborten stand und, hatte man endlich seinen Platz, von den Nachfolgenden mit rüden Worten zur Eile gedrängt wurde. Sie schien nicht existent bei dem allgewaltigen Gebrüll der Vorgesetzten, vor dem Gestalt, Geist und Seele zu einem Hutzelgebilde zusammenschrumpelten. Ich war Bürger in Uniform, Abiturient und voller Heimweh.

Draußen liegt Schnee, aber er sieht nass aus, und von den Ästen der Pfirsichbäume tropft es herab. In mir kommt Lust auf, vom Küchentisch aufzustehen und im Garten Fußabdrücke in den feuchten Schnee zu machen. Ich finde es interessant, im Schnee eine Spur zu legen. Wenn man Glück hat und es taut nicht, kann man sie am nächsten Tag wieder verfolgen und so noch mal erleben, wo man gestern war. Das kommt mir merkwürdig vor, denn wo sonst hinterlässt das Gestern so deutliche Spuren wie im Schnee? Sicher, viele Dinge haben ihre Spuren hinterlassen, viel von dem, was geschehen ist, hat sich mir eingegraben, aber es ist schwer, diese Runen zu finden und ihre Herkunft zu deuten. Wie viel ist geschehen und vorübergegangen, seit ich zu studieren begann! Was hat sich davon eingeprägt? Wie war ich eigentlich damals, 1979, zu dem Entschluss gekommen, Medizin zu studieren?

Warum studierst du Medizin?

Das wurde man oft gefragt: Warum studierst du Medizin? Und im selben Atemzug die ironische Bemerkung: „Natürlich - mit einer Eins vor dem Komma muss man ja ein guter Arzt werden, oder?" Auf solche Fragen pflegte ich anfangs, allen Spekulationen zuvorkommend, zu antworten: „Ist doch klar, ich mach' Medizin wegen dem vielen Geld, das da abzusahnen ist!" Es war mir einfach zu blöd, ständig meine Entscheidung mit Begriffen wie Idealismus, sinnvollem Einsatz für andere, Interesse am Menschen oder gar Nächstenliebe zu begründen. Hatte ich etwa meinen Entschluss jedem Doktor gegenüber zu verantworten, der um seine Pfründe fürchtete und deswegen auf die „Ärzteschwemme" schimpfte? Oder war ich meinen neidischen Altersgenossen Rechenschaft schuldig, die leider keinen ausreichenden Notenschnitt hatten? Der „numerus clausus", die Zulassungsbeschränkung zum Studium, bestand nun mal und sicher spielte er bei meiner Entschlussfindung mit eine Rolle. Damals galt Medizin noch als Non plus Ultra und jeder hielt den ergatterten Studienplatz für eine Garantie auf Erfolg und Glück. Inzwischen, nach viereinhalb Jahren Studium, nach Lernstress, Desillusionierung und Enttäuschung, aber auch nach einiger Erfahrung, hat sich meine Betrachtungsweise geändert: Welch hehre Vorstellung hatte ich als Abiturient von der Medizin! Helfen, heilen, Befriedigung, dankbare Menschen, irgendwie Allmachtsphantasien. Schritt für Schritt das grausame Erwachen: Leute bleiben krank, sterben, Klinikärzte sind Nervenbündel, werden aufgerieben im Kampf gegen Bürokratie, Zeitdruck, Verwaltungen, Intrigen und um die besten Positionen wetteifernde Kollegen. Persönlichkeitsverachtende Apparatemedizin allenthalben. Katastrophale Ausbildungsbedingungen: Die Unlust der Dozenten, so dass man sich als Student wie ein lästiges Insekt fühlt, das die Professoren und Doktoren nur vom Forschen und sonstigen wichtigen Arbeiten abhält. Und man steht allein zwischen der scheinbaren Allmacht und Allwissenheit der Naturwissenschaft, wie sie gelehrt wird, und dem jammervollen Bild des hilflos ausgelieferten Patienten, dem keine Wissenschaft helfen kann, weil seine Lebensuhr abgelaufen ist. Könnte man diese Erfahrungen schon vor dem Studium machen, hätte sich wohl mancher die Entscheidung noch mal überlegt. Aber man lernt nur langsam, es wird einem nicht leicht gemacht, und dann steckt man schon zu tief drin um aufzuhören. Nur das verzweifelt-hartnäckige „Dennoch" und der unausrottbare Rest an Idealismus mit einem vagen Zukunftsglauben halten einen bei der Stange; die Hoffnung, es vielleicht einmal besser zu machen.

Es riecht nach geschmorten Zwiebeln, vom Herd her kommt Dampf und Gezisch. Meine Mutter stellt mir einen Teller vor die Nase. Leberkäse und Pommes frites, das mag ich gerne. Wenigstens kann ich jetzt wieder mit Appetit essen; jedesmal, wenn ich nach der Chemotherapie aus der Klinik entlassen werde, brauche ich eine ganze Weile, bis es wieder schmeckt. Noch wird mir ganz übel, wenn ich nur an das Krankenhaus denke. Dieser Ekel, besonders, wenn das Abendessen gebracht wurde! Zwanghaft kommt es mir schon hoch bei der bloßen Vorstellung des halbtrockenen Brotes, der lieblos hingeworfenen, fettigen Wurst. Ich darf nicht länger daran denken, sonst vergeht mir der Appetit. Wie gut kann ich heute die Patienten verstehen, die ich als Pflegepraktikant zu füttern hatte und die sich manchmal mit äußerstem Widerwillen gegen die Mahlzeit sträubten.

Praktikant

Ein Pflegepraktikum über viele Wochen hinweg gehört zu den ersten Dingen, die man als Medizinstudent während der Semesterferien absolvieren muss.

Unbedarft, unwissend, unschuldig, bereitwillig hatte ich mich aufgemacht, die Welt des Krankenhauses zu erobern. Auf welcher Stufe in der Hierarchie des Pflegepersonals ich stand, bekam ich sehr bald mit. Als Praktikant hatte ich jedem auf der Station zu gehorchen. Ich stand deshalb glücklicherweise außerhalb der Rangkämpfe, die sich zwischen den Krankenschwestern abspielten, so dass ich den Unbeteiligten spielen konnte. Nur manchmal wurde die angehäufte Wut auch an mir ausgelassen. Die eigentliche Stationsschwester war erkrankt, eine jüngere Schwester, Ilse, hatte deren Aufgaben übernommen. Ilse besaß aber weder Autorität noch Sicherheit. So kam es, dass die anderen Schwestern häufig aufbegehrten, dass es Kompetenzstreitigkeiten, gegenseitige Angiftungen und Anschwärzungen gab. Wenn Ilse nach einem Kolleginnenstreit wieder einmal wutheulend am Arbeitstisch saß, dann wusste ich, dass mir bald wieder ein Anschiss bevorstand. Dann war ich vielleicht zu lange beim Frühstück gewesen, hatte Betten nicht ordentlich genug gemacht oder zu langsam aufgeräumt. Was blieb mir übrig als jede Schelte demütig hinzunehmen? Die Arbeit auf der Station war eine Mischung aus Hektik und Routine. Es war eine unfallchirurgische Station, mit vielen alten Leuten, die sich wegen morscher Knochen Brüche zugezogen hatten. Morgens ab sechs Uhr raste man zum Bettenmachen durch die Zimmer, kaum ein freundliches Wort kam den gnadenlos aus dem Schlaf gerissenen Patienten zu. Man war ja selbst noch müde und übelgelaunt vom frühen Aufstehen. Dann ging es ans Waschen der nicht beweglichen Patienten. Das war mit Aufgabe des Praktikanten. Ich übernahm sie gerne, denn dann war ich mit Kranken beschäftigt, mit den Menschen selbst, so wie ich mir das vorgestellt hatte: Jedesmal, wenn ich zu der neunundsiebzigjährigen Frau S. kam, fragte sie mich, ob denn ihre Gertrud schon da sei. Ich log dann immer: „Nein, sie ist noch nicht da, aber heute mittag, da kommt sie!" Sie bekam niemals Besuch. Ich begann, sie auszuziehen. Sie ließ sich das nicht gern gefallen, zog immer wieder die Decke über sich und fragte nach Gertrud. Wenn sie dann die warme Feuchtigkeit des Waschlappens im Gesicht fühlte, schnitt sie widerwillige Grimassen und aus ihrem zahnlosen Mund drangen laute Protestrufe. Doch Waschen musste sein. Seltsam ungewohnt war für mich die Berührung mit der fremden alten Haut, die pergamentartig runzlig und schlaff die ausgemergelten Glieder einhüllte.

Bis zum Mittagessen kamen dann Arbeiten für mich, bei denen man nicht viel Köpfchen brauchte, die also für den Praktikanten gerade recht waren: Spülen der Waschschüsseln und Nierenschalen, Zellstoff schneiden, Desinfizieren von Urinflaschen und Töpfen. Und immer wieder zwischendurch musste jemand auf die Bettschüssel gesetzt und wieder herunter geholt werden, denn die Leute in ihren Gipsen und Streckverbänden waren sehr unbeweglich. Jemandem den Hintern putzen und seinen Kot ausleeren. Daran hatte ich gar nicht gedacht, dass das auch nötig sein könnte. Stuhlgang war für mich immer etwas höchst Privates gewesen. Es war aber nur die ersten paar Male peinlich für mich, dann hatte ich mich dran gewöhnt.

Das Füttern der alten Leute war manchmal recht mühsam. Wie bei kleinen Kindern musste man alle möglichen Tricks anwenden, um die Appetitlosen dazu zu überreden, noch einen Löffel Suppe oder ein Stückchen Fleisch hinunter zu schlucken. Meist blieb der Mund krampfhaft verschlossen, alle Kraft des gebrechlichen Körpers schien sich in der Backenmuskulatur zu sammeln. Aber wenn man sich Zeit nahm, gelang es doch öfters, das trotzige

„nix mehr" zu überlisten: Schaun Sie mal, die feine Suppe, was wird denn Ihre Gertrud sagen, wenn Sie nichts essen? Mmh, so ein guter Pudding, am liebsten würde ich ihn selber essen! Mir zuliebe noch ein Stückchen, ja? Wenn ich dann Frau S. oder Herrn K. über eine halbe Stunde lang gefüttert hatte, war ich einer Rüge von Schwester Ilse sicher, denn ich hätte schon längst mit dem Einsammeln der Esstabletts und dem Austeilen der Fieberthermometer beginnen müssen. Und die Blutdrucke wollten auch noch gemessen sein.

Herr K. strahlte übers ganze faltige Gesicht, wenn er gerufen hatte: „Herr Gefreiter, angetreten!" und ich stramm stand und „zu Befehl!" sagte. Dann war er wieder Leutnant und erzählte aus vergangenen kriegerischen Zeiten. Über seinem zackigen Heldentum mussten oft die von mir zu verteilenden Tablettenschälchen warten, und dann hatte Ilse wieder Grund zur Empörung. Wohl aus Zeitmangel hatte man vergessen, auf das Wundliegen von Herrn F. zu achten und zu spät mit einer Behandlung begonnen. Beim erstenmal Waschen erschrak ich: die Haut am Gesäß war flächig zerfressen von einem dunklen, schmierigen Geschwür, dessen Ränder durch das angewandte Pflegemittel leuchtend rot eingefärbt waren. Bei jeder vorsichtigen Berührung Schmerzensschreie. Herr F. musste, wenn wir ihn aufsetzen wollten, eine Art Korsett, eine gepolsterte Körperschale aus Kunststoff und Leder tragen, um das brüchige Rückgrat zu stützen. Aber an den Kanten scheuerte dieses Gestell und neue wunde Stellen entstanden. Wir wussten fast nicht mehr, wie wir ihn ins Bett legen sollten, ohne dass er schmerzvoll jammerte. Ich bewunderte Herrn F. und hatte ihn gern, denn trotz allem begrüßte er mich jeden Morgen mit verschmitztem Lächeln aus seinem stoppelbärtigen Gesicht, und beim Rasieren hatte er stets einen Spruch parat: „Kopf hoch, wenn der Hals au dreckich isch!". Zu Arztvisiten, die mich interessiert hätten, oder zu Verbandswechseln durfte ich selten mit, ich hatte genug anderes zu tun. Das mit den Ärzten kam mir überhaupt sonderbar vor: Die wenigste Zeit verbrachten sie in Krankenzimmern, dauernd waren sie anderswo, entweder im OP oder sie schrieben Briefe oder sie tranken Kaffee mit den Schwestern. Der Abstand zu ihnen schien für mich unüberbrückbar, sie wussten und konnten so viel, Idole in Weiß.

Sehr erschreckt hat mich die Bemerkung eines Doktors: „Ich weiß auch nicht, was ich mit den beiden Kadavern dahinten anfangen soll!" Gemeint waren Frau S. und Herr F. Ich nahm mir vor, niemals so zu werden. Das waren meine ersten Erfahrungen mit Ärzten - allerdings Chirurgen. Später lernte ich dann doch noch Ärzte kennen, die als Vorbilder taugten.

Die letzten Pommes frites wälze ich in der Soße umher, damit sie sich vollsaugen. Das mache ich immer so. Jetzt bedeckt der dunkle, glänzende See aus Soße nur noch einen Teil der Landschaft, die auf dem Tellergrund aufgemalt ist.

Schon erkennt man einen Baum, Teile einer Windmühle, eine Brücke. Ganz genau kenne ich mich auf dem Tellergrund aus, denn ich habe dieses Bild nahezu jeden Mittag vor Augen. Es ist eine bäuerlich fruchtbare Idylle, blau auf weißem Grund. Ein Weg mit zwei Wanderern führt quer über den Teller durch üppige Felder und Haine zu einer Windmühle, die hinter den Hügeln hervorlugt. Dies alles kratz- und spülmaschinenfest. Den angenehm würzigsalzigen Nachgeschmack des Essens im Mund, lehne ich mich zurück, meine Mutter beginnt abzuräumen. Ich weiß, dass nun noch der Nachtisch kommt. So war es früher immer. Jetzt umsorgt sie mich wieder und ich lasse es mir gern gefallen. Die Krankheit ließ mich aufs Neue zu dem unselbständigen Kind von einst werden. Vielleicht bin ich das die ganze Zeit über geblieben, auch als ich mich in Heidelberg zurechtzufinden begann?

Heidelberg

Grau und drohend türmten sich die Betonklötze des Universitäts-geländes vor mir auf, mit hässlichen dunklen Flecken vom Regen, ein Haufen aus Beton und Glas, durchzogen von verwinkelten Gängen, unterhöhlt und überdacht. Ich betrat das erste der Gebäude, orientierungslos, klein und einsam.

Kreuz und quer huschten Menschen an mir vorbei, jeder ameisenhaft beflissen, möglichst schnell diese öden Hallen und Höfe zu durcheilen und in einem der ins Unergründliche führenden Gänge zu verschwinden. Ich setzte mich in Bewegung, selbst zum Gliedertier geworden. Endlich im Hörsaal; das unglückliche Ameisengefühl wuchs, denn Körper an Körper saß eingeklemmt in den engen Sitzreihen, sogar auf der Treppe schob und stieß man sich in drangvoller Enge. In diesem Brei aus schwitzenden Leibern versank der Stolz darüber, Medizinstudent zu sein, und zwar ganz schnell. Man wurde zu einem Partikel in der Masse, die von einer Vorlesung zur nächsten strebte, jeder willenlos dumpf dem Herdentrieb folgend. Ich war so froh gewesen, aus der tristen Uniformität der Bundeswehr zu entrinnen, und nun war ich doch wieder nur einer unter vielen.

Wir stopften uns mit totem Wissen voll. Auf einer alten Tafel übte ich zum Beispiel stundenlang biochemische Formeln, bis ich all die Zuckermoleküle, Aminosäuren und Reaktionszyklen für die gefürchtete Klausur im Kurzzeitgedächtnis hatte. Und in den ersehnten Semesterferien mussten Praktika und Famulaturen abgeleistet oder Geld verdient werden. Lockeres Studentenleben? Von wegen!

Anatomie

«Hic gaudet mors succurrere vitae». So stand es in großen, schmiedeeisernen Lettern in der Eingangshalle des anatomischen Institutes. Hier hilft der Tod gerne dem Leben. Eine blökende Herde weiß bekittelter Studenten drängelte sich vor den Eingangstüren des Präpariersaals. Endlich wurde geöffnet und der Strom der Drittsemester ergoss sich in den Raum, auch ich wurde mit hineingeschwemmt. Heller als erwartet war es hier. Neonlicht, weiße Bodenplatten, schmucklose Betonwände. Die erste Empfindung war Kälte, dann beklommene Neugier. In drei Reihen waren Metalltische aufgestellt, auf denen in Plastikfolien und weiße Wachstücher gehüllt die Leichen lagen. Je zehn Studenten wurden pro Tisch eingeteilt. Unsicher standen wir herum, manche versuchten, witzige Bemerkungen zu machen, aber eigentlich fröstelten wir alle vor Kälte und Aufgeregtheit. Der Geruch im Raum war neu, mit nichts Bekanntem vergleichbar. Er kam vom Formalin, das zum Konservieren verwandt wurde.

Endlich kam unser Vorpräparant. Er hieß Peter und war uns im Studium um zwei Semester voraus. Wirre dunkle Haare, ein dürftiger Spitzbart, Hochwasserhosen und eine pfälzisch gefärbte ungehobelte Sprache ließen bei uns wenig Respekt aufkommen und gleichzeitig sank die beklommene Ehrfurcht vor der ganzen Umgebung etwas. Nun sollte es ans Aufdecken der Leiche gehen. Keiner drängte sich vor, also machte es Peter selber. Er zog sich rosarote gewöhnliche Haushaltshandschuhe über, was mir fast wie ein Frevel vorkam. Nach und nach kamen graue, behaarte Beine zum Vorschein, der Leib, die Arme, der Kopf. Aber die Leiche lag auf dem Bauch, mit dem Gesicht nach unten, die Nase plattgedrückt. Die Gesichtszüge sahen wir in der ersten Zeit gar nicht, zum Glück. Nie sprachen wir darüber, was das eigentlich für ein Lernobjekt war, an dem wir verbissen arbeiteten. Nur selten brach die Einsicht durch, dass es sich um die sterblichen Überreste eines Menschen, unseresgleichen, handelte.

Wir hatten aber auch arg viel Stoff zu lernen. Die Hektik am Tisch wuchs insbesondere vor den Prüfungen, die alle zwei Wochen stattfanden, so sehr, dass jeder davon angesteckt wurde und sich noch fieberhafter Einzelheiten ins Gehirn zu stopfen versuchte. Versagensangst erfasste mich, wenn ich hörte, was die anderen schon konnten, und trieb mich dazu, bis spät in die Nacht am Schreibtisch Blutgefäße, Muskeln und Nerven bis ins letzte Fäserchen auswendig zu lernen. Und das schlechte Gewissen, wenn ich einmal einen Abend mit Gitarrespielen oder Fernsehen vergeudet hatte! Oder die Beunruhigung, wenn nachts um zwei mein Freund im Nachbarzimmer unserer Wohngemeinschaft immer noch beim Lernen mit Papier raschelte, ich aber keine Ausdauer mehr zum Lernen hatte. Ich wurde zum Lernapparat, der kaum noch zum Leben kam.

Nach einigen Wochen hatte man sich an die beißenden Formalindämpfe gewöhnt. Der Präpariersaal war nichts Besonderes mehr und wir gingen unbefangen ein und aus. Nur manchmal noch krampfhaft makabre Witzchen: „Do not versäg me oh my darling" beim Knochenzersägen. „Und schon wieder ist für Nachschub in der Mensa gesorgt!" beim Wegbringen von Leichenteilen. Und ab und zu Träume mit Bildern, wie sie früher nicht aufgetaucht waren.

Wie kamen wir eigentlich zu der Einbildung, wir selbst seien mehr als jener Körper, der sich uns als formalingetränkt entfremdet als bloße Ansammlung einstmals funktionsfähiger Strukturen darbot, vom Impuls des Lebendigen abgeschnitten, nur noch Materie, kaltes Demonstrationsobjekt? Wie stark muss bei uns Durchschnittsmenschen die Verdrängung wirken, damit wir nicht über dem Bewusstsein verzweifeln, unweigerlich selbst über kurz oder lang zu solch reglosen Materialansammlungen zu werden, gnadenlos ausgeschlossen vom drängenden Lebensgefühl, von der pulsierenden Lust am Dasein. Oder ist es gerade dieses Bewusstsein, das manche Mediziner zu Zynikern macht, das Wissen darum, dass all unsere ärztlichen Faxen letztlich nichts am Endergebnis ändern werden?

„Schaust du mal nach den Hühnern?" fragt meine Mutter, als sie hört, dass ich etwas an die frische Luft will. Ist recht. Bei uns stehen die Schuhe im Keller, von dort gelangt man direkt in den Garten. Ich gehe hinunter, schleudere meine Hausschuhe in die Ecke und ziehe Stiefel an. Ich trete in den Schnee hinaus. An manchen Stellen ist er schon ganz weg getaut, aber auf der Rasenfläche unter den Pfirsichbäumen kann ich noch gut Spuren machen. Ich tappe einige Male im klumpigen, feuchtschweren Schnee umher. Dann folge ich dem Trampelpfad, der unseren großen, langgestreckten Garten von dem des Nachbarn trennt, vorbei am Frühbeet, an den schneebedeckten Schollen, wo die Kartoffeln hingehören, an den Erdbeerbüscheln, den struppigen Johannisbeersträuchern, den kleinen Apfelbäumen, der Brombeerhecke und den kahlen Stängeln der Himbeeren, bis ganz nach hinten, wo das Hühnerhäuschen steht. Es sind eigentlich zwei niedrige Schuppen, in einem lagert Holz, in dem anderen höre ich unsere beiden Hühner ungeduldig glucksen und kratzen. Sie haben schon gemerkt, dass ich komme. Früher hatten wir vier Hühner, zwei davon leben nicht mehr. Eines stürzte von der Stange und brach sich das Genick, das andere wurde Opfer seiner Unart, die eigenen aufgepickten Eier zu verschlingen. Es landete im Kochtopf. Ich öffne die Tür zum Hühnerstall und lasse die beiden rotbraunen Hennen heraus. Neugierig und misstrauisch beäugen sie den Schnee. Dann nehmen sie, ängstlich die weißen Flächen vermeidend, Kurs auf die Himbeerhecke. Zwischen den glatt geschnittenen, palisadenartig aufgereihten Stängeln liegt kaum noch Schnee, dafür aber gibt es

hier herrlich fauliges Laub, von meinem Vater im Spätjahr ausgebreitet. Darin lässt sich wunderbar nach Kleingeziefer suchen.
Hochaufgerichteten Kopfes scharren sie. Die gespreizten Dreizacke
der Hühnerkrallen schleudern Laub und Erdklumpen zu beiden
Seiten schräg nach hinten. Gleich darauf stößt der Kopf nach unten
und die hellbraunen Federn, die den Bürzel säumen, ragen empor.
Gieriges Picken, Gurren und Gackern. Dann wieder Kopf hoch,
die Brust wie stolzgeschwellt nach vorn. Ihre Augen schauen seltsam starr, sie scheinen ins Nichts zu blicken. Es sind sonderbare
Augen, klein, rund, unbeweglich, wie von einem Schleier überzogen. Wenn ein Huhn eine Sache genauer betrachten will, bewegt
es nicht die Augen, sondern den rot belappten Kopf. Ruckartig
stößt er nach vorn oder wird schräg gehalten, der Blick geht von
unten nach oben. Beim Vorwärtsschreiten verharrt oft ein Bein
in der Luft, die dürren Krallen nach unten gesenkt, und erst nach
kurzem Kopfzucken wird der Schritt vollendet. Nun pfeife ich und
klappere mit der Futterbüchse. In schwankendem Galopp kommen
sie angerannt, eilfertig ein Bein vor das andere schlenkernd. Ich
streue einige Futterkörner auf den Boden; sofort hebt ungestümes
Picken an, sie drängen einander hektisch weg, zielsicher treffen
die kräftigen, gekrümmten Schnäbel jedes Körnchen. In einem
der Legekästen finde ich ein hellbraunes Ei. Es fühlt sich noch
ganz warm an. Die Erlebniswelt eines Huhns beschränkt sich auf
Hühnerhaus und Garten. Was darüber hinausgeht, davon haben
sie keine Ahnung. Darin sind sie uns Menschen, die wir auch
kaum über den Horizont unserer Erfahrungen hinausblicken,
ähnlich. Ob Hühner aber auch fühlen und denken? Sicher spüren
sie Hunger. Futterneid bestimmt ihr Verhalten. Können Hühner
hassen oder lieben? Angst haben können sie jedenfalls, das merke
ich daran, wie sie sich zusammenducken, wenn man sie von oben
anfasst, die Flügel abwehrend erhoben, den Kopf eingezogen, in einer Art Schreckstarre verharrend. Oder wenn sie panisch flatternd
und gackernd vor den Lehmbrocken fliehen, die mein Vater nach
ihnen wirft, um sie aus dem Gemüsebeet zu vertreiben.

Amsel

Auf winterharter Erde
träggeplustert hocken,
braun und faul am Futterhäuschen
die Spatzen verdrängen;
vor meinem Schritt
hüpfst du kaum zur Seite,
angstlose Gleichgültigkeit.

Den Abendhimmel
zerteilt die Stromleitung,
schwarz auf rot
und schwanzwippend
dein Dämmerlied gurgeln
von heitrem Sommerfrieden.
Ich muss mich wohl
entschuldigen.

Tierversuch

Aus der Versuchsanleitung zum physiologischen Praktikum der medizinischen Fakultät Heidelberg: „Wir verwenden ein Kaninchen; durch Injektion von 20%iger Urethan-Lösung wird das Tier narkotisiert."

Ich stand mit meiner Physiologie-Kursgruppe etwas betreten im Versuchsraum. Es sollte uns am lebenden Wesen „unentbehrliches Grundwissen" vermittelt werden. Der Versuchsleiter hatte das betäubte Tier schon auf dem Tisch festgeschnallt, in Rückenlage, Vorder- und Hinterläufe weit abgespreizt, gekreuzigt für die Wissenschaft. Ein weißer, flauschiger Bauch atmete uns heftig entgegen.

„Am Hals, am Thorax und in der Leistenbeuge wird das Haar abgeschoren." Zartrosa, verletzlich und schutzlos, völlige Preisgabe, nackt. Mich fror. „Von einem Halsschnitt aus ... wird die Luftröhre dargestellt ... ein T-Stück eingebunden ... in die Vena jugularis ein Katheter ... links wird die Arteria carotis dargestellt ... auf der rechten Seite die Nervenscheide präpariert ... in der Leistenbeuge wird die Arteria femoralis freipräpariert und ein Katheter zur Blutdruckmessung eingeschoben ..."

Schließlich lag ein Gewirr von Schläuchen, Drähten und Fäden vor uns, rhythmisch auf- und abbewegt durch die Atemzüge des Kaninchens. Ringsum standen Messapparaturen. Wenn das Kaninchen nur nicht so unschuldig weiß wäre, es gibt doch auch Exemplare mit dunklem Fell, Naturburschen, die robuster aussehen! Nun wurden die verschiedenen freiliegenden Nerven elektrisch gereizt, unterbunden und wieder gereizt. Unser Kaninchen musste nach dem Willen des Versuchsleiters schnell oder langsam atmen, seinen Blutdruck abfallen lassen oder Herzrasen bekommen.

24

„... Nach Eröffnung des Thorax unterbrechen wir für kurze Zeit die künstliche Beatmung des Versuchstieres. Wir beobachten die frustranen Thoraxexkursionen und die Veränderungen von Blutdruck und Herzfrequenz (achten Sie auf die rasche Farbänderung des linken Vorhofs)." Wir lernten: Der Organismus ist voll beherrschbar und manipulierbar. Der Gekreuzigte auf dem Tisch tat sein Bestes. Die Brustwand klaffte, darin die zusammengefallenen Lungenflügel. Sinnlos-verzweifelte Anstrengung, die Brust bewegte sich krampfhaft, ohne jedoch die losgelöste Lunge zu Atembewegungen mitnehmen zu können. Einige von uns wurden bleich, einige protestierten. Man beruhigte uns, das Kaninchen fühle nichts, es sei ja narkotisiert.

Auch ein Kaninchen hat ein Gesicht. Es hat Nasenflügel, die zittern, einen Mund, der langsam auf und zu geht. Nur die Augen blieben zum Glück ruhig.

„Durch direkte elektrische Reizung des Herzens versuchen wir, ein Kammerflimmern auszulösen. Wir schauen uns zunächst die normalen rhythmischen Kontraktionen des Herzens an und beobachten anschließend das typische Bild des Herzens bei einem Kammerflimmern." Unser Opfer wehrte sich. Unter den Stromstößen erzitterte der gesamte kleine Körper, aber das winzige Herz behielt hartnäckig seinen gleichmäßigen Pulsschlag bei. Wieder und wieder überstand es die gnadenlosen Angriffe des Versuchsleiters. Dieses Unbehagen. Ich wollte fort. Ein Mädchen, das die ganze Zeit über blass im Hintergrund gestanden hatte, rief plötzlich: „Hört doch auf! Habt ihr denn kein Mitleid?"
Der Versuchsleiter war ärgerlich irritiert. Einige standen eifernd um den Tisch herum, legten selbst Hand an die Reizelektroden, lachten und meinten: „Ein zäher Bursche." Medizinstudenten sind eben so. Als ich ging, war das Kaninchen noch immer nicht tot.

„Darauf nahm Pilatus Jesus und ließ ihn geißeln. Und die Soldaten flochten aus Dornen einen Kranz, legten ihn auf sein Haupt und warfen ihm ein purpurnes Kleid um, gingen zu ihm und sagten: Heil, König der Juden! Und sie gaben ihm Backenstreiche. Da ging Pilatus wieder hinaus und sagte zu ihnen: Siehe, ich führe ihn euch heraus, damit ihr erkennt, dass ich keine Schuld an ihm finde. Jesus kam also heraus, den Dornenkranz und das purpurne Gewand tragend. Und er sagte zu ihnen: Seht den Menschen!"

Sie fanden keine Schuld an ihm und doch wurde er misshandelt und getötet - wer wollte es wagen, unserem Kaninchen irgendeine Schuld zuzuschreiben? Wenn es dem Stärkeren gefällt, muss der Unschuldige leiden. Warum glaube ich manchmal, Schuld an meinem eigenen Leid zu haben? Sind es nicht auch bei mir stärkere Mächte, denen es gefällt, mich zu quälen? Wir spielten Schicksal beim Kaninchen - wer spielt mit uns? Seht das Kaninchen, seht den Menschen - hilflose Unschuld in der Grausamkeit des Daseins. Und Mitleid? Wenn wir wenigstens zu diesem menschlichen Gefühl stehen dürften. Menschliche Gefühle aber waren im Studiengang der Humanmedizin kein Thema.

Sollte ich noch ein paar Schritte hinten raus auf die Wiese gehen? Ich fühle mich kräftig genug. Ich muss eben langsam gehen. Nur noch ein Teil der früheren großen Wiese ist mit dem dürren, spröden Gras bewachsen, dessen vertrocknete Halmbüschel aus dem Schnee ragen. Die übrige Fläche ist zu Ackerschollen umgebrochen. Den Weg, die Fahrrinnen für Traktoren, die ich entlang stapfe, gab es früher nicht. Und hier an der Böschung war einmal eine große Hecke mit Holunderbüschen, verwilderten Weinreben, Brombeerranken und zarten Buschrosen an dornigem Gezweig. Dort stand der mächtige Nussbaum, unter dem wir Kinder im Herbst immer nach herabgefallenen Nüssen suchten. Mir fällt der zarte Geschmack der frischen Nüsse ein, wenn man nicht nur die harte Schale, sondern auch das zarte Häutchen um den Kern entfernt. Keine Spur mehr vom Nussbaum, braune Schollen glänzen unter dem Schnee hervor. Die Flurbereinigung, eine Radikalkur für unsere Landschaft, hat abgeräumt. Trostlos ist heute der Blick über die weiten weißen Ackerhügel, nur ganz in der Ferne ragt das hoffnungslose Gerippe eines einzelnen übriggebliebenen Baumes in den grauen Kraichgauhimmel. Ich überquere die Bundesstraße, die sich zwischen den Feldern und dem Wald hinzieht, und wende mich der anderen, windgeschützten Seite des Waldes zu. Hier schloss sich bis vor wenigen Jahren ein verwahrlostes Obst- und Weingärtengebiet an. Es gab Hecken und Büsche, Wiesen und viele Obstbäume. Alte Rebstöcke trugen im Herbst kleine blaue saftige Trauben. Hier war in der Kinderzeit unser Revier gewesen. Im Wald konnte man sich Pfeil und Bogen schnitzen. Aus Ästen und Gestrüpp bauten wir uns Hütten, die immer wieder von feindlichen Kinderbanden zerstört wurden. Im „Wengert" konnte man durchs Gras schleichen, Lagerfeuer machen, auf Obstbäume klettern. Erwachsene kamen selten hierher, höchstens einmal der alte dicke Mann mit dem Uhugesicht und der abgewetzten dunklen Schirmmütze, der als Waldschreck auf seinem Fahrrad mit aufgeschnalltem Sack die Gegend nach Sammelbarem durchstreifte. Später machte ich meine Spaziergänge hierher, wenn ich Ruhe suchte. Von dem Jägerhochsitz, auf dem ich Stunden träumend und philosophierend verbrachte, ist nur noch eine morsche, an den Baum genagelte Latte übrig.

Heute ist hier nämlich ein Baugebiet. Seit zwei Jahren sind die Häuser aus dem Boden geschossen, Straßen fraßen die Wiesen auf und die Idylle verschwand. Trauer um ein verlorenes Paradies. Nicht lange hält es mich hier zwischen den halbfertigen Häusern, den Betonmischern und Baukränen. Manche der Rohbauten scheinen mich aus ihren leeren Fensterhöhlen höhnisch anzublicken, hässliche graue Steinkästen. Nach allen Richtungen hat sich das Dorf unaufhaltsam in die Landschaft hineingefressen. Die umliegenden

Hügel sind nun alle mit hellen Häuserwürfeln gespickt, der alte Ortskern mit seinen graubraunen Gebäuden duckt sich verschämt in die Talsenke. Vieles ist hässlich geworden im Vergleich zu der rückständig idyllischen Zeit, die zusammen mit meiner Kindheit zu Ende ging. Trotzdem lebe ich noch gerne hier, in der übriggebliebenen Vertrautheit des Dorfes. Jeder kennt hier fast jeden. Privates Schicksal wird hier dank der Institution des Dorfklatsches zum Allgemeinwissen. Sicher wurde auch viel über meine Krankheit geredet und spekuliert, aber inzwischen bin ich wohl kaum noch ein Thema, andere lokale Katastrophen sind aktueller.

Es gibt hier nur noch einige wenige Großbauern, die kleinen Krauter mit ihren paar Stück Vieh und wenigen Hektar Ackerland sind ausgestorben. Trotzdem ist man bei uns noch irgendwie bäuerlich und hat sich einen Rest an Bodenständigkeit erhalten. Der anständige Bürger geht tagsüber ins Geschäft und schafft nach Feierabend weiter im Garten oder am Häusle, bis es Nacht wird. Natürlich gibt es auch eine Art Kultur, dafür sind der Gesangverein und die Kirchenchöre zuständig, nach katholisch und evangelisch getrennt. Ein- zweimal im Jahr zum Liederabend zu gehen, das genügt ja wohl für Kultur und Bildung. Wozu sollen die brotlosen Künste gut sein? Klavier spielen muss nur der Schullehrer können, der gleichzeitig als Organist in der Kirche fungiert. Maler sind nur angesehen, wenn sie auch etwas vom Tapezieren und von Teppichböden verstehen. Und wozu sollte man sich am Samstag abend die unbequemen Theatersitze in der Stadt zwängen? Wir haben daheim Theater genug.

Hier am Rande des Baugebietes schwingt sich in weichem Bogen einer der Hügel auf, die für den Kraichgau typisch sind. Diese Hügel haben keine richtigen Gipfel, allenfalls Kuppen, sie heben und senken sich in sanften Wellen und schieben sich kulissenartig ineinander. Die Landschaft ist von harmonischer Weichheit, nichts Schroffes stört jenes Auf- und Abschwingen, hin und wieder unterbricht ein grauer Waldteppich die großzügigen Ackerflächen. Von der Fruchtbarkeit des Bodens merkt man jetzt im Winter wenig. Die feuchte Schneedecke lässt alles weitläufig erscheinen, das kalte Weiß überstrahlt die dunkle Wärme der Ackerschollen. Es ist eine Landschaft mit beschränktem Horizont, keine Weite kann hier zum Umherschweifen von Geist und Seele verlocken. Man wird hier nicht zum Globetrotter, sondern bleibt dem pappigen Lehmboden verhaftet. Aber es ist leicht, einen der Hügel zu ersteigen und mit dem Blick dann doch räumliche Grenzen zu überwinden. Man ist nicht Gefangener eines engen Gebirgstals, verliert sich aber auch nicht in der Weitläufigkeit der Ebene. Alles in allem ein Landstrich des Mittelmaßes. Hier entsteht wenig Herausragendes, aber Verlässliches. Wer kennt schon den Kraichgau?

Beim Professor

Sein Physiologieunterricht war mehr verwirrend als lehrreich. Seine Sprache war ein einziges Ächzen und Krächzen, oft nur ein tonloses Schnarren. Er hielt sich selbst für einen hervorragenden Wissenschaftler, der „handfeste Forschung" betrieb, was uns in unseren Wissensnöten nicht tröstete. Gegen Semesterende geschah etwas Ungewöhnliches: Der Professor lud uns zu sich nach Hause ein! „Besonders die Linken, die immer diskutieren wollen, hier können sie mal!"

Nur wenige waren gekommen. Zum Glück hatte einer von uns einen Topf mit Alpenveilchen für die Frau des Hauses besorgt, den er stellvertretend für alle überreichte. Ein Kommilitone, Sohn eines Rechtsanwalts, erschien in Anzug und Krawatte mit Blumenstrauß: „Mit herzlicher Empfehlung von meinen Eltern, Dr. Soundso".

So ein Speichellecker, dachte ich. Man geleitete uns in den Salon. Zwei Konzertflügel und ein Cembalo füllten die vordere Hälfte dieses Zimmers ganz aus. An den Wänden hingen verschiedenartige Geigen, Flöten und Gitarren. Im anderen Teil des Raumes waren ringsum riesige Ölgemälde aufgehängt, jedes davon nahm fast eine ganze Wandfläche ein. Sie waren so dunkel, dass man kaum mehr etwas darauf erkennen konnte. Der Professor machte gleich darauf aufmerksam: „Diese Originale stammen von meinem Großvater, dem bekannten norddeutschen Meister, wie, Sie kennen ihn nicht?"

Wir durften auf der Polstersitzgruppe Platz nehmen; da saßen wir in verklemmter Runde. Der Professor erzählte aus der jüngeren Universitätsgeschichte, Anekdoten aus der Zeit der Außerparlamentarischen Opposition (APO), Verstaubtes und Akademisches.

Meist war er es, der ächzend und schnarrend das Wort führte. Irgendwie vergaß er, dass diese Zeit schon mehr als ein Jahrzehnt zurücklag. „Wo sind sie heute bloß, die Linken, haben sie sich nicht hergetraut?" Er erzählte von den „Närrlein" aus der psychiatrischen Klinik, die im „sozialistischen Patientenkollektiv" den Aufstand geprobt hatten und „jämmerlich eingefahren" waren. Lächerlich, was die Linken damals inszeniert hatten, aber mit denen ist man schnell fertiggeworden. Ein großes Maul, aber dann haben sie doch ganz schnell den Schwanz eingezogen. „Schade, dass heute keine Linken da sind, man konnte mit ihnen immer so schön diskutieren!" Verlegen zustimmendes Lächeln unsererseits.

Wir waren keine Linken, nein, sondern angepasste Studenten, die ihre Semesterklausur bestehen wollten. Die Studentenunruhen waren für uns längst Geschichte.
Wir demonstrierten nicht, wir hatten zu lernen. Im übrigen beneideten wir die Generation der „68er", denn die damaligen Studenten brauchten sich keine Sorgen um eine spätere Anstellung zu machen. Es waren noch die goldenen Zeiten für Akademiker, da ließ es sich gut und angstfrei demonstrieren.

Endlich etwas Auflockerung: Die Frau des Hauses, die die ganze Zeit lebhaft die Ausführungen ihres Gatten kommentiert hatte, kündigte das Essen an. Wir waren gespannt. Sie brachte für jeden ein Töpfchen mit dünner Tomatensuppe und Brot. Schnell war es ausgeschlürft, doch leider erschöpfte sich die Mahlzeit in diesem Süppchen. Leicht verwundert erfüllte mir der Professor meinen Wunsch nach einem zweiten Bier. Die meisten nippten an ihren Weingläsern.

Dann die Überraschung: Der Herr Papa ließ die Töchter des Hauses aufmarschieren. Vor den beiden Flügeln nahmen drei Grazien Aufstellung, alle mit verschroben alt-deutsch klingenden

Namen. In herber Anmut ließen sie sich in unserer Runde nieder. Man merkte ihnen sogleich Erziehung und Bildung an, ganz der Papa. Die Jüngste (Hildtrud oder Almuth?), von vergleichsweise zierlichem Körperbau, wurde aufgefordert, eine Kostprobe ihres Könnens am Flügel zu geben. Verschämt zierte sie sich zu Anfang, doch bald perlten die Tonkaskaden eines Schubert-Klavierstücks über uns hinweg. Man lauschte. Es dauerte lange, bis die Musik endlich verstummte. Ergriffenheit, Schweigen, sanftes Seufzen ringsum. Auch ich fühlte mich irgendwie bewegt, atmete durch und stieß schwindelnd hervor: „Ach ja, ich hätt' als Kind auch gern Klavier gelernt, aber dann kam mein Vater aus'm Stall und sagte: Bub, zieh dei Gummistiefl an und schaff was!". Der Professor, irritiert: „Ach, Sie kommen aus der Landwirtschaft?" und die Jüngste: „Aber melken kann ich auch!"

Der Professor war auch Dirigent des Heidelberger Ärzteorchesters und wäre er nicht zufällig Professor geworden, würde er heute sein Brot als Flötist bei den Philharmonikern verdienen. Er warb für das Orchester und ein Kommilitone beeilte sich, anzumerken, er habe auch schon mal Haydn gespielt. „Ach wirklich? Welches Instrument denn?" „Akkordeon!". Fast prustete ich mein Bier heraus, doch konnte ich mich beherrschen.
Dies war mein erstes Eintauchen in die Sphäre des akademischen Großbürgertums - und mein letztes.

Selten fiel mir die Diskrepanz zwischen städtisch-großbürgerlichem Bildungsdünkel und ländlicher Naivität so auf wie an diesem Abend. Ich fühlte mich bäurisch ungehobelt, aber nicht unbehaglich in dieser überzüchteten Umgebung. Es wurmte mich jedoch, dass meine Kommilitonen so taten, als seien sie immer schon in jenen höheren Kreisen heimisch, in die man uns hineinzuschnuppern gestattete.

Der Wind wird langsam unangenehm. Er schleicht in Hosenbeine und Nacken, macht fröstelndes Unbehagen. Es ist noch gar nicht so spät am Nachmittag, aber es scheint schon dunkel zu werden. Das hasse ich am Januar: die Finsternis und den kalten Wind. Ich versuche, etwas schneller zu gehen, aber das strengt mich zu sehr an und ich bekomme wieder Herzrasen und muss schnaufen. Dort drüben, auf einem der wenigen Obstbäume hier auf dem Feld, haben sich zwei große Krähen niedergelassen. Unbeweglich und schwer hocken sie im kahlknorrigen Geäst, schweigende Abendwächter. Ich mag keine Krähen, sie sind mir unheimlich in ihrem Trauerschwarz. Nichts wie nach Hause, ich versuche, wieder schneller zu gehen. Endlich wieder daheim, im Keller, der Ungemütlichkeit entronnen. Wo sind meine Hausschuhe? Meine feuchten Stiefel stelle ich in den Heizkeller, wo der Ölbrenner bullige Wärme verbreitet. Langsam steige ich die Kellertreppe empor, Stufe für Stufe. Das ist jedesmal eine Strapaze. Seit der letzten Chemotherapie habe ich erst wenig an Kräften gewonnen. Auf halber Höhe muss ich verschnaufen. Wenn ich dann oben bin, fühle ich mein Herz wild rasen, als wolle es mir Brust und Hals zersprengen. Jeder Pulsschlag dröhnt mir im Ohr und sendet ein stechendes Hämmern in den Hinterkopf.

Ich tauche wieder in die dumpfwarme Luft der Küche ein und lasse mich auf die Eckbank fallen. Meine Brille beschlägt sofort. Mutter hat die Zeitung auf dem Tisch ausgebreitet. So liest sie immer: auf dem Stuhl kniend, als hätte sie keine Zeit, sich richtig hinzusetzen, die Unterarme verschränkt, die Ellbogen auf die Tischplatte gestützt. Wieder einmal brütet sie über der Seite mit den Todesanzeigen. Sie fragt: „Hast du den Jakob S. gekannt? Der war doch noch gar nicht so alt. Wieso hat wohl nur seine Tochter die Anzeige unterschrieben?" Mir ist dieses Erörtern der Todesanzeigen, dieses Stöbern im Schicksal anderer, zuwider: „Hör doch auf, ich will gar nichts davon wissen." Nie hatten mich diese Trauerannoncen interessiert. Der Tod war für mich immer etwas Fernes, nicht

*Relevantes gewesen. Jetzt aber habe ich Angst davor, ans Sterben
erinnert zu werden. Ich stelle mir vor , mein eigener Name stehe
in so einem schwarz umrahmten Kästchen, zwischen der Werbung
des Beerdigungsinstituts und der des Grabmalunternehmers. Man
würde ihn lesen und fragen: „Kennst du den, der war doch noch so
jung?". Solche zwanghaften Vorstellungen vom Tod habe ich, seit
ich krank bin, häufiger, aber auch früher war dieses unangenehm
angstvolle Gefühl schon einmal dagewesen. Es war bei den klinischen Sektionen, der Untersuchung frisch gestorbener Patienten,
während des Pathologie-Kurses:*

Obduktion

Der Hörsaal war voll, denn der „alte Dörr", der Chef des pathologischen Instituts, sezierte freitags höchstpersönlich. Ich hatte mich vorsichtshalber in eine der hinteren Reihen der steil aufsteigenden Hörsaaltribünen gesetzt. Wer mutig oder besonders interessiert war, saß ganz vorne unten, direkt beim Seziertisch, auf dem der verhüllte Körper des Verstorbenen lag. Der Professor trat ein, blickte durch seine kleine Hornbrille in die Menge und das Gemurmel verstummte. In unnachahmlicher Manier holte er tief Luft und dann hallte sein eruptiv-gebieterisches „Guten Morgen!" durch den Saal. So wie er dastand, ein kräftiger alter Mann mit wuchtigem Schädel, groß und breit, in brauner, knöchellanger Gummischürze mit hochgekrempelten Hemdsärmeln und Gummihandschuhen, glich er in unseren Augen eher einem Metzgermeister als einem Wissenschaftler.

Als der Seziergehilfe das Tuch von der Leiche genommen hatte, lag ein bärtiger junger Mann vor uns. Der Professor begann mit seiner Arbeit, aber nicht säuberlich und vorsichtig, wie ich das von den Anatomiekursen her kannte, sondern mit grobschlächtiger Brutalität, Brustkorb und Bauchdecke rasch zertrennend. Seine schonungslose Routine führte das Messer und die große Pinzette schnell bis zu den Eingeweiden. Er räumte erst den Brustkorb, dann den Bauchraum aus. Der ekelhafte Geruch der Därme, die von den Assistenten rasch hinausgetragen und in einem Nebenraum geputzt wurden. Der raunende Schreck bei uns Studenten, als mit einem ruckartigen Handgriff die Kopfhaut über das Gesicht gezogen wurde, so dass nur noch die rötlich schimmernde Kopfschwarte mit etwas Haaransatz zu sehen war. Grobe Handfertigkeit beim Aufmeißeln der Schädeldecke. Die Organe und das Gehirn, soeben noch Teil eines Ganzen, wurden auf Tabletts verteilt, aufgeschnitten, untersucht und schließlich im Hörsaal herumgereicht.

Unten lag der ausgeschlachtete Körper, nicht mehr personenhaft, gesichtslos, nur noch leere Hülle. In meinem Kopf summte es: Wenn du jetzt da liegen würdest, wenn sie dich auseinandernähmen und du könntest nichts dagegen tun! Wenn das seine Mutter sähe! Dieser junge Mann war kaum älter als ich. Ein kindskopfgroßer Tumor hatte sein Herz umpanzert, die Herzpulsationen regelrecht abgewürgt. Vor ein paar Wochen hatte er noch ganz normal gelebt, geliebt, gearbeitet und von der Zukunft geträumt, bis ihn unvermittelt die Krankheit niederwarf. So etwas könnte doch genauso mir passieren, dachte ich, warum eigentlich nicht. Es war, als empfände ich an mir selbst die Wehrlosigkeit, mit der dieser Körper da unten erst der Krankheit und dann dem Seziermesser ausgeliefert war, wo er doch vor kurzem noch frei und selbständig seinem Lebensdrang nachgehen konnte.

Endlich war die Obduktion beendet und ich drängte mich aus dem Saal. Im Freien fühlte ich, dass noch Leben in mir war, ich atmete tief die Luft ein, die frei war vom Todesdunst und schob die unangenehmen Visionen beiseite. Der Tod betraf mich noch lange nicht, er lag in weiter, unbestimmter Ferne und ich war froh, nicht mehr diese unbehaglichen Gedanken haben zu müssen.

Denn ich lebte damals nur vorläufig. Das wirkliche Leben erwartete ich mir von der Zukunft, ließ meine Träume und Gedanken fast nur im Kommenden spielen. Nach dem, was hinter mir lag, auch nach dem, was ich an Schönem erlebt hatte, empfand ich nur gelegentlich Sehnsucht, denn ich glaubte, dass stets Neues und Schöneres auf mich wartete. Oft waren meine Vorstellungen von den Dingen, auf die ich mich gefreut hatte, allerdings viel bunter und interessanter als sich dann die Wirklichkeit darstellte. Die Vorfreude, etwa auf ein Fest oder eine Reise, war meist so groß, meine Phantasie malte mir alles so reichhaltig aus, dass ich dann regelmäßig von der Realität enttäuscht war. So war es auch mit meinen Plänen, Ideen und Zielen, die mir im Kopf herumschwirrten. Nur das wenigste kam zur Ausführung, aber im Geiste hatte ich schon alles auszukosten versucht. Immer wieder im Frühjahr nahm ich mir beispielsweise vor, Straßenmusik zu machen; ich stellte mir vor, in südlichen Städten zu singen, Gitarre zu spielen, vom gesammelten Geld Weißbrot, Käse und Rotwein zu kaufen und mich frei zu fühlen. Außerdem wollte ich Klavierunterricht nehmen und ein Theaterstück schreiben und malen und Gedichte veröffentlichen und und und.

Aber meine Trägheit und die insgeheime Vertröstung auf „irgendwann" ließ mich am Gewohnten haften. Später kannst du noch so viel machen. Ich ahnte nicht, dass schon bald der Kredit, den ich mir von der Zukunft zu nehmen pflegte, in Frage gestellt sein würde. Auch meine allgemeine Lebens- und Studienplanung baute sich auf diesem „Später" auf. Angestachelt vom Ehrgeiz (dem eigenen und dem der Kommilitonen), versuchte ich, möglichst schnell zu studieren und alles hinter mich zu bringen, um endlich „fertig" zu sein. Dass vor lauter Studieren oft der Lebensgenuss unter den Tisch fiel, konnte durch die sehr wenigen Erfolgserlebnisse im Studium, meist waren es bestandene Prüfungen, nicht ausgeglichen werden. Die Semesterferien waren ausgefüllt mit Praktika oder Prüfungsvorbereitungen. Ich sagte mir: „Danach wird es besser!" und verschob den Lebensgenuss auf später. Diese Hoffnung hielt mich und wohl auch die anderen Medizinstudenten bei der Stange. Dabei hätte ich doch spätestens beim Famulieren merken müssen, wie dieses „Danach" als Arzt aussehen würde.

Morgen

Morgen, da leb ich,
nur erst noch dies.
Für morgen, da heb ich
's mir auf, ganz gewiss.
Halt, jetzt noch das,
wird's halt morgen erst was.
Heut aber! Oder soll ich nicht doch?
Na gut, es reicht auch morgen noch
Doch morgen, da leb ich,
nur erst noch schnell dies.
Für morgen, da heb ich
's mir auf, ganz gewiss.

Famulus

Famulieren heißt, sich an die Fersen eines Arztes zu heften und zu versuchen, möglichst viel von seiner Tätigkeit im Krankenhaus mitzubekommen. Man nannte mich auch den „Schatten", weil ich meinem Doktor auf Schritt und Tritt folgte. Immerhin durfte man schon Arztkleider tragen und ich fühlte mich entsprechend würdevoll, als ich zum erstenmal in weißer Hose und langem Kittel durch die Station schwebte. Bald musste ich jedoch erkennen, wie jämmerlich wenig mir die Kleidung half, wenn es um praktische Dinge ging. Das bisher an der Uni Gelernte nützte im Krankenhaus nicht viel. Das wurde auch nach den ersten klinischen Kursen nicht besser. Zwar konnte ich sämtliche Mikroben und Erreger samt Zoologie auswendig, aber wenn ich einen sterilen Verband anlegen sollte, stand ich hilflos da. Theoretische Pharmakologie hatte ich bis zum Erbrechen auswendig gelernt, aber im Krankenhaus war alles theoretische Wissen weg und ich hatte keine Ahnung, wozu all die Tabletten, Tropfen und Spritzen gut waren, die ich da auszuteilen half. Und wegen jeder Kleinigkeit fragen konnte ich doch nicht, oder? Von sich aus hat mir kaum je ein Arzt etwas gezeigt oder erklärt.

Neidisch beobachtete ich, wie andere Famuli sich einfach Sachen zeigen ließen und Sachen an Patienten machten, die ich mich nie getraut hätte. Ich war meist verwirrt von der „großen" Medizin und den „tollen" Ärzten, die nie Zeit hatten. Einziger Lichtblick waren Gespräche mit Patienten, die sich manchmal dankbar an mich wandten, weil sie sich beim richtigen Doktor nicht zu fragen getrauten und ich mir Zeit für sie nahm.

Ein älterer Mann mit Magenkrebs hatte gesagt bekommen, eine noch ausstehende Untersuchung der Leber werde entscheiden, ob er operiert werde oder nicht. Nun hoffte er, um eine Operation herumzukommen, wenn diese Untersuchung „gut" ausfiele. Er ahnte nicht, dass ein Verzicht auf die Operation gleichbedeutend mit seinem Todesurteil gewesen wäre, wenn man nämlich Lebermetastasen gefunden hätte, so dass sich operieren nicht mehr gelohnt hätte. Ich klärte ihn entsprechend auf. Als er begriffen hatte, dass die Operation für ihn eher etwas Günstiges bedeutete, nahm er sie viel leichter in Kauf.

Einmal war ich einem Arzt zugeteilt, der vor Patienten mit bösartigen Leiden deren Krankheit immer nur in wissenschaftlichen Umschreibungen aussprach und nie „Krebs" sagte. Er ließ die Leute stets im Ungewissen, was sie jetzt eigentlich hatten, wohl weil er sie und sich selbst nicht mit der harten Diagnose konfrontieren wollte. Und dann die peinlich erschreckende Frage der am Darm operierten Frau: „Warum sagt ihr mir denn nicht, dass es Krebs ist? Ich will doch wissen, wozu ihr das alles mit mir macht!" Ich schämte mich, obwohl ich doch eigentlich nichts für die barmherzige Verschwiegenheit konnte.

Wenn man sagt, eine Krähe hackt der anderen kein Auge aus, dann gilt das wohl nur für Krähen, die sich nicht um denselben Brocken Beute streiten. Für die Ärzte im Krankenhaus, wie ich sie als Famulus kennen lernte, galt der Spruch jedenfalls nicht. Hier fanden ständig Reibereien und Rangkämpfe statt. Es ging um Kompetenzen, um bessere Verträge, um Dienstzeiten. Man riss sich um beliebte Funktionen, z.B. Sonographie, die man später in der Praxis gut gebrauchen konnte. Auch, wer zu welcher Operation eingeteilt war, war ständiger Streitpunkt. Es herrschte oft eine gereizte Grundstimmung, vielen Assistenzärzten merkte man Zeitdruck oder anstrengende Nachtdienste an. Rivalitäten bestanden zwischen Oberärzten und Chefärzten, und genauso auf den unteren Hierarchiestufen. Jeder gab den Druck weiter.

Prestigestreitereien zwischen Internisten und Chirurgen, Anästhesisten und Chirurgen, Internisten und Radiologen und so weiter. Viel Angst. Ich war einmal richtig wütend, als ich mitbekam, wie ein Oberarzt eine junge Assistentin immer vor den Patienten abzukanzeln pflegte, so dass diese schon ganz verschüchtert und mutlos geworden war. Ganz zu schweigen von manchen Chefärzten und Professoren, dominante Halbgötter, regelrechte Schicksalsmächte für die jungen Assistenzärzte, über deren Wohl oder Wehe sie entscheiden konnten. Nur allzu häufig sah ich cholerische Ausbrüche oder, noch fieser, eiskalte Abqualifizierungen bis hin zur Nichtbeachtung. Manche Chefs schienen nur aus brutaler mentaler Gewalt zu bestehen. Die Assistenzärzte schwiegen, keiner wehrte sich, aus Angst um die Stelle, denn damals gab es zu wenig Weiterbildungsstellen.

Meine Hochachtung vor der einst für selbstverständlich gehaltenen Menschlichkeit und Warmherzigkeit von Ärzten schmolz dahin. Ich jedenfalls wollte nicht so werden.

Wieder ein Tag zu Ende

Draußen ist es jetzt finster. Meine Mutter lässt die Rolläden herab. Ich stehe vom Küchentisch auf, denn ich will hoch auf mein Zimmer. Wieder eine Treppe, schnaufendes Hochschleppen. Hier oben bei mir liegt alles herum: Kleider, Musikinstrumente, Bücher. Auf dem Schreibtisch Ordner, Fotoalben, Zettel, Hefte mit Aufzeichnungen von früher. Das mache ich in letzter Zeit gern: sammeln, ordnen, aufzeichnen, einheften, archivieren. Alles Vergangene ist wichtig geworden, seit das mit der Krankheit begann. Ich denke: Kann sein, dass das meiste überhaupt schon herum ist. Die panische Erkenntnis: Mein Leben wird nicht sein, sondern es war schon. Was war? Was wird davon bleiben? Ich muss doch etwas für die anderen hinterlassen, etwas von mir aufbewahren. Der

Nachwelt erhalten - so sagt man. Von mir gibt es gar nicht so vieles. Ich schaue mich im Zimmer um; hier ist alles, was du zu bieten hast, in diesen vier mit Rauhfasertapete beklebten Wänden.

Meine Bücher. Fast jedes ließ mich eine ganz eigene Welt erleben, sie waren nur für mich geschrieben, so schien es mir. Wird sie außer mir noch einmal jemand lesen und wird er sie so lesen wie ich? Oder werden sie für einsfünfzig das Stück in Flohmarktkisten der schmierigen Neugier irgendwelcher Finger ausgeliefert sein?

Aufbewahren, ordnen. Ich muss endlich die Fotos vollends einsortieren, viele der alten Bilder liegen nur so herum. Man muss sie doch wenigsten beschriften, damit später andere auch wissen, wer darauf zu sehen ist.

Die Klassenfotos. In der Schule habe ich mir nur selten eins gekauft, was sollte ich mit all diesen Gesichtern, die einem in langweiliger Augenblicksfröhlichkeit entgegenlächeln? Heute wäre ich froh, ich hätte mehr davon.

Der Nachwelt erhalten. Das bisschen, was ich geschrieben habe, das interessiert doch niemanden und außerdem, wer kann schon meine Schrift entziffern? Vielleicht sollte ich doch noch einiges abtippen, wenigstens ein paar Gedichte oder so.

Einheften, archivieren. Meinen Ordner mit „Erinnerungen" habe ich gerade erst angelegt und all jene Eintrittskarten, Prospekte, Andenken und Dokumente eingeheftet, die ich in Schubladen und alten Pralinenschachteln herumliegen hatte. Mein Schülerausweis, aus dem ich milchgesichtig herauslächle. Die „Hundemarke" von der Bundeswehr, mit der Sollbruchstelle: im Todesfall kommt die eine Hälfte auf den Sarg, die andere wird den Angehörigen geschickt. Sportabzeichen und die sogenannten Siegerurkunden aus der Schule; ja, es gab eine Zeit, da war ich richtig sportlich. Keu-

chende Übelkeit damals, nach Tausendmeterläufen, heute jedoch schon nach ein paar Stufen.

Aufzeichnen, bewahren. Die Zeit festhalten, das will ich plötzlich; anbinden, was früher selbstverständlich da war und nun Sekunde um Sekunde in unfassbarer Schlüpfrigkeit meiner verzweifelten Umklammerung entgleitet. Öfter schon hatte ich damit begonnen, ein Tagebuch zu führen, meist, weil ich irgendwie etwas loswerden wollte, Liebeskummer oder ähnliche Dinge. Diese Versuche waren aber jedesmal aus Bequemlichkeit eingeschlafen. Aber jetzt, krank geworden, trieb mich etwas anderes: der Drang, mein Leben nachvollziehbar zu machen, wiedererlebbar in späterer Zeit, etwas von mir zu bewahren. Irgendwann sollten Menschen das Geschriebene lesen und sich an mich erinnern. Mein Dasein sollte Spuren hinterlassen. Im Lauf eines Jahres hat sich nun schon ein ganzes Buch mit Aufzeichnungen gefüllt. Beim Blättern stoße ich auf Verdrängtes und Vergessenes, Entscheidendes und Nebensächliches; all das wirkt noch, die alten Gefühle wühlen sich beim Lesen schmerzhaft bitter empor.

Der Einschnitt

Tagebuch vom 23.3.83

„- Es ist 5.50 Uhr. Draußen hat gerade die erste Amsel zu singen angefangen. Es hat nun keinen Sinn mehr, krampfhaft einschlafen zu wollen. Ich werde das, was mich heute nacht nicht ruhen ließ, aufschreiben, bis die anderen im Haus erwachen. Ungefähr vor einer Woche begann es; ich wurde mir des Knotens bewusst, der in meinem rechten Hoden tastbar ist. Den Gedanken an einen Tumor schob ich zunächst beiseite, das war wohl ein Stück normales Gewebe, das ich bisher noch nicht bemerkt hatte. Dennoch suchte ich in meinen Büchern nach ‚Hodentumoren'. Sie werden als derb und wenig druckschmerzhaft beschrieben. Das trifft bei mir zu. Auch das Alter - die Tumore häufen sich zwischen dem zwanzigsten und dreißigsten Lebensjahr. Ich bin jetzt dreiundzwanzig. Ich wehrte mich gegen eine „Krebshysterie" und nahm mir vor, bei der Famulatur im Krankenhaus, die ich gerade mache, einen der Ärzte zu fragen. Ich schob es aber jeden Tag vor mir her. Inzwischen hatte ich schon unterschwellige Schmerzen bekommen, mehr ein Druck - oder Schweregefühl. Ich schob es darauf, dass ich eben zu viel an dem erbsengroßen, flachen, harten Bezirk herumtastete. Bis jetzt habe ich noch niemanden ins Vertrauen gezogen, um keine unnötige Beunruhigung hervorzurufen. Allerdings war ich kurz davor, es Martina zu sagen, die noch nichts ahnt. Bis gestern abend machte ich noch alles plangemäß, ging sogar wie gewöhnlich zur Musikprobe. Die ganze Zeit über ist es mir gelungen, zumindest über Nacht die Gedanken an den Knoten zu verdrängen und einigermaßen gut zu schlafen. Gestern abend entschloss ich mich aber, endlich einen Arzt zu Rate zu ziehen. Inzwischen habe ich nämlich auch gelesen, dass eine Heilung im Frühstadium durchaus möglich ist, was durch Zögern von Arzt und Patient oft versäumt wird. Was heißt aber „Heilung"? Eine Orchiektomie ist nötig, das

heißt, der Hoden muss samt allen Leitungsbahnen total entfernt werden. Was das für mich bedeuten würde, wage ich mir gar nicht auszumalen. Zusätzlich ist eine „aggressive Chemotherapie", also eine Qual für Leib und Seele, notwendig. Die ganze Nacht lang habe ich mir überlegt, wie ich es meinen Eltern und Martina sagen soll. Ich glaube, ich muss sie endlich einweihen. Ich brauche auch jemanden, der mich jetzt unterstützt. Gerade höre ich, dass sich unten in der Wohnung etwas regt. Die Familie erwacht. Sie ahnen noch nicht, was ich ihnen jetzt sagen muss. So eine schlimme Situation habe ich noch nie erlebt. Jetzt habe ich noch zwei Minuten, dann stehe ich auf.-"

Ich war beim Hausarzt gewesen. Der hatte am Hoden herumgetastet und gemeint: „Nur keine Panik, das ist am Nebenhoden!" Er überwies mich zum Urologen, auch dieser meinte, es sei lediglich eine Nebenhodenentzündung. Unbeschreibliche Erleichterung erfüllte mich. An diesem Nachmittag weinte ich seit Jahren das erste Mal. Willig schluckte ich das verordnete Penicillin und wandte die abschwellende Salbe an, legte mich ins Bett, ließ mich pflegen und wartete darauf, dass die Schwellung zurückginge.

Tagebuch vom 28.3.83

„- Nach dem vorübergehenden Aufatmen kommt es nun doch auf mich zu: übermorgen Einlieferung ins Krankenhaus. Der Knoten ist trotz Behandlung nicht abgeschwollen. Ich war wieder beim Urologen und der stellte erschrocken fest, dass es nun doch am Hoden selbst sei und nicht am Nebenhoden. Es gebe mehrere Möglichkeiten, was es sein könnte, Tuberkulose, eine unspezifische Entzündung, aber auch ein Tumor. Folge: schnellstmögliche Operation, Hodenfreilegung, Schnellschnitt-Untersuchung usw. Ich zwinge mich dazu, mir nichts Näheres auszumalen.-"

Patient

Vor zehn Tagen noch hatte ich hier im Krankenhaus famuliert, war im weißen Arztmantel zur Eingangstür hereinstolziert, den Leuten an der Pforte lässig guten Morgen wünschend. Jetzt kam ich als Patient mit Reisetasche und Aufnahmebogen an, einer unter vielen. Demütiges Warten bei der Anmeldung. Mit gleichgültigem Tonfall erkundigte sich schließlich eine unangenehm grell geschminkte Büroblondine nach meinen Daten. Dann wurde ich auf die urologische Station geschickt. In der Vorhalle, auf den Gängen, im Fahrstuhl, überall schwamm man in dem vertraut verhassten Krankenhausgeruch. Auf dem Weg nach oben kam ich auch an der Station vorbei, wo ich gearbeitet hatte. Keine Lust zum Hineinschauen.

Freundlicher Empfang: Die Stationsschwester zeigte mir mein Zimmer, wo ich auf weitere Weisungen warten sollte. Ein alter Mann saß hier am Tisch, der entlassen werden sollte. Sogleich begann er lebhaft von seiner Operation zu erzählen, wie gut alles abgelaufen sei, so dass er gar keine Schmerzen mehr habe. Mich interessierte das wenig, aber ich hörte höflichkeitshalber zu. Jetzt bist du genauso Patient wie der hier, dachte ich, und wie die, die auf dem Gang in Bademänteln herumlungern. Jetzt kannst du mal sehen, wie das ist. Ich fühlte mich unbehaglich und begann zu schwitzen.

Im Laufe des Tages schickte man mich zum Röntgen, zum EKG, Blut wurde mir abgenommen. Plötzlich war ich genau jener Routinemaschinerie unterworfen, als deren Teil ich selbst noch vor kurzem als Famulus funktioniert hatte. Bereitwillig erfüllte ich alles, was von mir verlangt wurde, wartete geduldig vor dem EKG-Raum, bemühte mich bescheiden lächelnd an der Pforte um ein Telefon und ertrug unterwürfig die unwirsche Art der

Röntgenassistentin. Auf einmal fühlte ich mich so unterlegen und dem Personal ausgeliefert, das plötzlich Macht über mich hatte, weil ich ein Patient geworden war.

Aus dem Tagebuch vom 30.3.1983

„- Der erste Abend in der Klinik. Nun ist alles am Laufen. Die letzte Verbindung mit zu Hause, der erwartete abendliche Anruf, ist vorüber. Auch Martina hat schon angerufen. Nun werde ich bis zur Operation mit niemandem mehr reden. Ich habe eine Beruhigungskapsel bekommen, aber ich bin noch nicht müde. ... Dieses Alleinsein ist eben doch das Schlimmste an allem. Ich frage mich, ob ich ganz besonders darunter leide oder ob es allen Kranken so geht. Ich merke, dass Patienten am nötigsten Menschen brauchen. Wovor habe ich mehr Angst - vor der Operation, vor der Diagnose, vor der Zukunft oder vor dem Ausgeliefertsein ohne eine vertraute Person um mich zu haben? Es spielt wohl alles mit. Dieses würgende Gefühl im Hals bekomme ich aber nur bei Gedanken an die, die ich zurückgelassen habe.-"

Gedanken schlichen mir an diesem Abend ungewollt ins Gehirn und machten mir Angst. Ich hatte ja selbst schon bei einigen „Schnellschnitt" - Operationen mitgemacht. Dabei wird das bei der Operation entnommene verdächtige Gewebe sofort zur Pathologie geschickt, die nach der Untersuchung auf Gut- oder Bösartigkeit sofort telefonisch Bescheid gibt, so dass über den Fortgang der Operation entschieden werden kann, zum Beispiel Amputation oder nicht. Du bleibst in Narkose und währenddessen wird schicksalhaft über dich entschieden.

Kurze Tagebuchnotiz vom 31.3.83

„- Ich warte ungeduldig darauf, abgeholt zu werden. Die Zeit ver-treibe ich mir mit einem Krimi. Heute morgen um halb sechs ging es schon los mit Fiebermessen, Duschen, OP-Hemd und Gummi-strümpfe anziehen. Ich habe ganz gut geschlafen. Jetzt warte ich schon seit Stunden, dass die Tür aufgeht. Soll ich noch einmal zu Hause anrufen? Lieber nicht. Wäre ich gleich heute morgen dran-gekommen, wäre es besser gewesen. Jetzt kommen mir doch noch Gedanken. Naja, zurück zum Krimi, zur Ablenkung.-"

Endlich war die Zimmertür aufgegangen. Man holte mich ab. Ich wurde im Bett zum Operationssaal gefahren. Fröstelnd musste ich erst in der sogenannten Schleuse warten, bevor ich durch eine sich automatisch öffnende Scheibe über ein Förderband in den OP-Bereich transportiert wurde. Drinnen nahm mich ein Pfleger in Empfang, der nur kurz „Guten Tag, Sie sind Herr Trunzer?" sagte und mich in den Vorbereitungsraum schob. Eigentlich hätte ich den ganzen Weg auch zu Fuß zurücklegen können. Ich lag auf der Bahre und blickte zur Decke. Weiße Kacheln, der unangenehm kalthelle Streifen des in die Decke eingelassenen Neonlichts. Um mich herum standen verschiedene Geräte und Schränke mit me-dizinischem Zubehör.

Oft schon hatte ich Leute so daliegen sehen und selten darüber nachgedacht, wie sie sich fühlen mochten. Niemand kam. Unge-duld und Hilflosigkeit. Mich fror unter dem dünnen Leintuch, das mich bedeckte. Es erschien mir wie eine Ewigkeit, bis der Anästhesist kam, aber dann erschrak ich doch, als es soweit war. Er erklärte mir, er müsse jetzt eine Nadel in die Vene einführen und dann bekäme ich eine Spritze zum Einschlafen. Ich schloss die Augen und fühlte, wie an meinem linken Arm herumhan-tiert wurde. Ich dachte: Jetzt könntest du noch abhauen, aber da spürte ich schon den Stich der Nadel. Bald darauf hörte ich den Anästhesisten sagen: „Ich injiziere jetzt!". Die Versuchung, doch noch von der Liege zu springen, war schier nicht zu unterdrücken. Dann merkte ich, wie ich schläfrig wurde. Ich versuchte, mich bei Bewusstsein zu halten, noch hörte ich die Geräusche um mich her, noch wusste ich, was geschah. Plötzlich Panik vor dem Schwarz, das sich auftat, Widerstand, ich wollte nicht loslassen, ein sonores Brummen und gleichzeitig ein schmerzhaft hoher Piepton durchströmten meinen Kopf, dann löste sich etwas und ich fiel ins Nichts. So ähnlich muss Sterben sein.

Tagebuchgedanken: Über das Sterben

„- Es sind sonderbare Gedanken. Ich glaube, Menschen denken gemeinhin nur selten ans Sterben, oder wenn, dann nur mit Unbehagen, flüchtig, damit erst gar kein Angstgefühl aufkommen kann. Aber ich muss diese Gedanken haben, dieses Vorausahnen des Nichts, die Furcht vor der unwiderruflichen Trennung. Ich lebe eigentlich gern. Es gab Phasen, in denen das Leben weniger Spaß machte, aber im Grunde gefiel es mir immer. Ich habe auch viele Menschen gern, genieße es, mit ihnen zusammen zu sein und freue mich, jemanden zu treffen.

Seit ich so über den Tod nachdenke, ist viel von der Welt um mich herum bedeutsamer geworden. Man muss einsehen und lernen: Einsehen, dass all das, was mich umgibt und was mein Wesen bedingt, zeitlich begrenzt ist, so oder so. Nichts bleibt, alles ist ein Fließen, eine Veränderung, Entstehen und Vergehen. Sicher, nur ab und zu stirbt jemand Bekanntes, jemand Liebes noch viel seltener, das ist zu verkraften. Aber anderes wandelt sich schneller, die Bäume verschwinden aus meinen Wiesen, Freunde ziehen weg, Kinder sind mir plötzlich über den Kopf gewachsen.

Lernen, das Jetzt zu erleben und zu genießen. Ja, man muss sie sich „er - leben", diese Freude am puren Sein, diese Augenblickszufriedenheit. Ich sage mir: Noch bist du am Leben. Und vielleicht kann ich sogar dieses „Noch" verdrängen. Das banale Schlagwort vom bewussten Leben - früher hatte es keine Relevanz für mich, weil alles programmgemäß vorüber floss. Aber jetzt, durch die Krankheit, durch die Einsicht der Endlichkeit, habe ich gelernt, dankbar zu sein für den Augenblick, in dem ich hier und jetzt das Lebendige in mir zu fühlen vermag. Dadurch wird auch das Kommende weniger bedrohlich, ist eigentlich für mein augenblickliches Dasein ebenso belanglos wie das Gewesene. Trotzdem bleibt die eine Angst und mit der komme ich schwer zurecht: die Angst vor der Trennung, vor dem Loslassen. Das werde ich wohl nie lernen, loslassen können. Ich möchte dableiben, bei meiner Familie, bei meiner Freundin. Ich stelle mir vor, was sie fühlen und tun werden, wenn ich tot bin, und dann kommt wieder dieses Würgen im Hals und ich bin so hilflos."

Und trotzdem

in Schmerzen sich winden
kaum Trost mehr finden
im Sumpf untergehen
kein Boden zum Stehen
den Tag schwarz verschleiern
Totentanz feiern
beinahe aufgeben
und trotzdem leben

Karfreitag

Schmerzen in der rechten Leiste, irgend etwas lastet schwer auf meinem Bein. Dann wieder Nichts. Stimmen, wie von weit her. Was ist los, wundere ich mich, will die Schmerzen loswerden, bewege die Beine, aber sofort schießt ein Stich in die Leiste. Im Mund scheint alles krustig vertrocknet. Meine Augen sind wie zugeklebt, mühsam bringe ich sie einen Spalt weit auf, es wird hell. Da stehen sie in weißen Kitteln. Es fällt mir wieder ein: Ich bin ja operiert worden. Ich wage nicht, mit der Hand hinunter zu tasten, wo es schmerzt. Einer von den Ärzten beugt sich über mich, ich erkenne den Schnauzbart des Chefarztes, der sich mit den Lippen mitbewegt, als er sagt: „Wir haben den Hoden doch heraus nehmen müssen!"

Es war sonderbar, aber in diesem Moment machte mir das gar nicht viel aus und ich nickte ergeben; die Schmerzen waren irgendwie wichtiger. Erst als Martina und mein Vater kamen, erschrak ich. Mein Vater war blass mit schmalen, verkniffenem Mund, Martina rotäugig verweint. Jetzt wurde mir gnadenlos bewusst: Du hast Krebs. Aber die Narkose wirkte noch und ich schlief nochmals ein. Immer, wenn ich kurz erwachte, sah ich Martina neben mir sitzen und brachte endlich nichts anderes heraus als ein hilflos banales „Mensch Meier!".

In schläfriger Fassungslosigkeit brachte ich diesen Tag herum. Tags darauf durfte ich schon wieder aufstehen. Das war am Karfreitag.

O Haupt voll Blut und Wunden ... schleppend und monoton hallte der orgellose Gesang durch die Kirche, wobei die lauten, klagenden Stimmen der alten Frauen das zurückhaltende Gebrumm der wenigen Männer unangenehm grell übertönten. Karfreitag in unserer Dorfkirche. Statt der hellklingenden, heiteren Glöckchen, wie sonst üblich, schwangen die Messdiener dumpf knallende Holzklöppel, um die einzelnen Teile des Gottesdienstes zu signalisieren. Das Kruzifix über dem Altar war abgehängt worden; der Pfarrer trug es wieder herein, durch ein violettes Tuch verhüllt. Unter stereotypen Gebetsformeln, von Priester und Volk wieder und wieder gemurmelt, wurde das Kreuz Stück für Stück aufgedeckt. Der Kopf des Gekreuzigten erschien, ich erinnere mich der herabgezogenen Mundwinkel und der tiefen Falte zwischen den Augenbrauen in diesem leidverzerrten Gesicht. Daraufhin die Gliedmaßen, vom Bildhauer drastisch groß dargestellte Zimmermannsnägel, die die bluttriefenden Hände und Füße durchbohrten. Die straff gespannten Sehnen der Arme und Brustmuskeln, die klaffende Wunde unter dem linken Rippenbogen ... und alsbald floss Blut und Wasser heraus. Als Kind atmete ich immer auf, wenn endlich wieder einer dieser trübseligen gespenstischen Karfreitagsgottesdienste vorüber war. Ich glaubte damals, die Leute in der Kirche litten tatsächlich mit, wenn die Qualen Jesu beim Kreuzweg geschildert wurden. Ich meinte, alle müssten so wie ich die Stiche und Kratzer mitfühlen, wenn vorgelesen wurde, wie sie ihm die Dornenkrone aufsetzten. Ich war den Tränen nahe, als er den Essig trank und rief es ist vollbracht und das Haupt neigte und den Geist aufgab. Aber bald wusste ich: Schmerz und Trauer würden vorüber sein, wenn ich aus der Kirche trat und die Sonne freundlich und hell den österlichen Frühling beschien. Und auch bei den anderen Leuten war nichts mehr von den leidvollen Mienen zu entdecken, die sie eben noch zur Schau getragen hatten.

Auch ein Kreuzweg

Ich bin nicht Jesus. Aber auch ich trage Narben an den Fußrücken und am Leib, wenn auch kein ungläubiger Thomas mir je seine Hand in die Wunden legte. Denn erst nach der ersten Operation, der einfachen Hodenentfernung, sollte ich eine Ahnung davon bekommen, was körperliches Leid ist. Gewiss, man kann sagen, es gibt noch Schlimmeres. Aber das, was einen selbst betrifft, ist wohl doch immer am schlimmsten. Selbstmitleid ist auch dabei, wenn ich an all das denke, aber was mich wirklich fertig macht, sind diese Grübeleien: Warum habe gerade ich das zu erdulden, was habe ich falsch gemacht? Diese selbstquälerische Suche nach einer persönlichen Schuld. Die Verzweiflung darüber, dass nichts rückgängig zu machen ist. Und die ohnmächtige Wut, wenn mir klar wurde, dass ich im Grunde schuldlos litt.

Das Schicksal braucht keine Rechtfertigung, es packt zu, wo es ihm gerade einfällt. Ab und zu glaubte ich doch tatsächlich an irgendwelche Mächte, die sich gegen mich verschworen hatten. Wenn Körper und Seele derart gebeutelt werden, versagt jede verstandesmäßige Anstrengung, so etwas wie Leidbewältigung zustande zu bringen. Allein schon die Angst ist unüberwindlich, in ihrer steten lähmenden Gegenwart bestenfalls ins Unterbewusstsein zu verdrängen. Aber in den Träumen zumindest kommt sie ganz gewiss wieder hoch.

Die beiden bläulichroten, verquollenen Striche auf meinen Füßen sind die Spuren der Lymphographie. Bei dieser Untersuchung wird die Haut an den Fußrücken aufgeschlitzt, immer weiter, bis eines der dünnen Lymphgefäße gefunden ist. Diese Gefäße werden angestochen und dann läuft ein Kontrastmittel ein, mittels dessen man die Lymphbahnen und Lymphknoten röntgenologisch darstellen kann. Man sucht damit nach Lymphknotenme-

54

tastasen. Es dauerte lange, bis der Arzt die Gefäße an beiden Füßen gefunden hatte. Dann musste ich noch mehrere Stunden lang regungslos liegenbleiben, bis sich das Kontrastmittel gleichmäßig über den Körper verteilt hatte. Langsam schliefen mir die Beine ein, die Liege wurde immer härter, Kopf und Nacken schmerzten. Ich musterte die Umgebung. Die immer gleichen Deckenplatten, die rautengemusterte Kunststoffabdeckung des Neonlichts, die grau verkleideten Röntgenapparate. Nichts Buntes, keine positiven Bilder. Bald konnte ich nichts Neues mehr entdecken und es wurde meinen Augen langweilig. Kein freundliches Wort der Röntgenassistentin erwärmte die Kühle des Raumes. Sie schaute nur ab und zu beiläufig herein, um gleich wieder mit wehendem Kittel zu verschwinden. Als die Wirkung des Lokalanästhetikums nachließ, begannen meine Füße zu brennen, aber ich durfte sie ja nicht bewegen. Dann kamen noch die eigentlichen Röntgenaufnahmen; Ich hatte das Gefühl, als werde ich von allen Seiten bloßgelegt und durchleuchtet.

Dann ging die Metastasensuche weiter - ich wurde zum Computertomogramm geschickt. Bei dieser Untersuchung wird man wie ein Brathähnchen in eine Röhre hineingeschoben, dann wird der ganze Körper schichtweise geröntgt. Man liegt in der Röhre, die Arme nach hinten gestreckt, blickt auf die gewölbte Decke und befolgt die Kommandos der Röntgenassistentin, die durch einen Lautsprecher quäken: „Einatmen ... ausatmen ... nicht mehr atmen!". Ungeduldiges Warten in den Pausen zwischen den einzelnen Aufnahmen. Die bange Frage: Sehen sie etwas, was nicht dahin gehört? Und der Schreck, wenn man merkt, dass eine Schicht nochmals aufgenommen wird. Jetzt wollen sie es genauer sehen, jetzt haben sie etwas entdeckt.

Bald macht sich bemerkbar, dass ich vor der Untersuchung anderthalb Liter Kontrastmittelflüssigkeit getrunken habe. Meine Blase spannt sich. In der Kälte des Untersuchungsraumes nimmt der Harndrang schnell zu. Schließlich habe ich nur noch einen Gedanken - raus hier und auf die Toilette. Der volle Ballon da unten fühlt sich an, als platze er gleich. Die Angst, in die Hose zu pinkeln, übertrifft sogar die Angst vor einem schlimmen Befund, für den Augenblick jedenfalls. Meine Zehen krümmen sich krampfhaft, in Stoßwellen will sich die Blase entleeren, ich verwende alle Kraft auf meine Schließmuskeln. Endlich: „Die Untersuchung ist beendet! Sie können aufstehen." Ich werde aus der Röhre geschoben, springe von der Liege, suche verzweifelt die Ausgangstür, stürze zum Klo ... es kommt mir vor, als sei es in letzter Sekunde, als ich erleichtert dem Drang nachgeben darf, endlich erlöst.

Bei dieser ersten CT - Untersuchung fand man nichts Krankhaftes und etwas heiterer fuhr ich mit dem Krankenwagen zur Klinik zurück. Die Urologen hatten mir allerdings erklärt, dass auf jeden Fall „prophylaktisch" die Lymphknoten rechts und links der Aorta herausgenommen und auf Metastasen untersucht werden müssten. Davon hänge nämlich dann die weitere Therapie ab. Ich war einverstanden, nicht ahnend, worauf ich mich da einließ.

Paraaortale Lymphadenektomie

Der beeindruckende Name der bevorstehenden Operation machte mich fast ein wenig stolz. Drei Tage vorher durfte ich nur noch Flüssigkeit zu mir nehmen. Am letzten Tag bekam ich nichts als das sogenannte Neuperlacher Wasser, von dem ich fünf Liter zu trinken hatte. Es schmeckte scheußlich salzig. Wenn ich es mit Saft mischte, hatte ich salzigen Himbeer- oder Kirschengeschmack. Ich zwang mich, immer gleich ein ganzes Glas auf einmal auszutrinken. Dazu musste ich einfach die Kehle aufklappen und die Brühe hinunterstürzen. Als Halbwüchsige hatten wir das früher geübt, wenn es darum ging, wer am schnellsten eine Halbe Bier leertrinken konnte. Die Wirkung des Neuperlacher Wassers blieb nicht aus; es wirkte abführend und ich weiß nicht mehr, wie oft ich den Weg vom Bett zur Toilette zurücklegte. Jedenfalls kam zum Schluss nur noch grünliche Flüssigkeit. Ziel erreicht. Mein Darm war leer. Bei der bevorstehenden Lymphknotenoperation musste nämlich der ganze Dünndarm nach außen verlagert werden. Dazu würde ein Schnitt vom Brustbein bis zum Schambein nötig sein, sagte man mir. Am Vorabend der Operation dann wieder diese demütigende Prozedur: Sämtliche Haare von Brust, Bauch und Schamgegend wurden mir von einem Pfleger abrasiert. Ohne dass ich es beeinflussen konnte, zuckten dabei meine Bauchdecken, als schreckten sie vor der kaltschabenden Klinge zurück. Ungewohnte, nackte Zartheit der Körperoberfläche, als ich prüfend über die bloßgelegte, gerötete Haut streichle. Dann bekam ich noch einen Einlauf in den Darm, um letzte Reste herauszuspülen.

Tagebuch 13. April 1983

„15 Uhr. Ich kann mich immer noch nicht damit abfinden, dass ich krank sein soll. Es ist, als ob ich erst durch das Krankenhaus krank gemacht worden sei. Natürlich stimmt das objektiv nicht. Trotzdem, ein gewisses Misstrauen gesellt sich zu der Bereitschaft zum Vertrauen. Auch dieses Gefühl des Ausgeliefertseins - ich komme mir vor wie ein unschuldiges Opfer, das sich nicht wehren kann.

22 Uhr. Alles ist abgeschlossen. Rasieren, Einlauf. Meine Beruhigungskapsel habe ich genommen. Der Film im Fernsehen ist zu Ende. Heute hatte ich viel Besuch ...
Wehmütig blicke ich auf meinen glattrasierten, aber noch heilen Bauch. So schön wird er nie mehr sein. Den Tag habe ich recht heiter verbracht, jetzt kommt etwas Düsterkeit auf, aber die Kapsel beginnt zu wirken. Ein Lob der vielgeschmähten Pharmaindustrie! ... Meine Stimmung ist nicht so gelassen wie vor der ersten Operation. Damals hatte ich noch andere Vorstellungen. Ich weiß, dass die nächsten Tage schwer werden, obwohl ich versuche, dieses Bewusstsein zu verdrängen... die Gedanken an das „Falls" lasse ich weg ... -"

Zwischenzeit

„Peter, schnaufen! Auf, Luft holen!" War ich gemeint? Ich versuchte, tief zu atmen, doch ein reißender Schmerz durchzog meinen Bauch. „Tiefer schnaufen, los!" Was soll das, dachte ich, die sollen mich schlafen lassen. Irgend etwas steckte in meinen Nasenlöchern. Mir fiel ein, ich war ja in den OP gebracht worden - also lebe ich noch! Dieses Brennen und Reißen auf der Bauchdecke und darunter, es kommt mir vor, als sei da noch alles offen, aber meine tastende Hand fühlt nur einen dicken Verband.

Ich öffnete die Augen - es musste Abend sein, denn das Neonlicht war an. Es war nicht mein Krankenzimmer, das merkte ich, und auch die Pfleger, die vor meinem Bett standen und mich zum Atmen aufforderten, kannte ich nicht. Die erste Nacht und den ersten Tag nach der großen Operation verbrachte ich auf der Wachstation. Ich wagte kaum eine Bewegung, aus Angst, mein Bauch könnte aufplatzen. Durch eines meiner Nasenlöcher lief eine Magensonde, die bald an Rachen und Gaumen zu scheuern und zu drücken begann. Im anderen Nasenloch steckte der Stöpsel einer Sauerstoffsonde. Später stellte ich fest, dass ich auch einen Blasenkatheter hatte. Im linken Arm steckte eine Venenkanüle, über mir hingen zwei Infusionsflaschen, Luftbläschen stiegen in der Flüssigkeit hoch.

Im Bett neben mir lag ein Alkoholiker, der die ganze Nacht über in deliranten Phantasien brüllte und sprach. Und plötzlich stand er vor meinem Bett, im weißen Flügelhemd, Infusionsschläuche hingen von seinem Arm herab und er stierte mich verständnislos an. Entsetzt drückte ich auf die Glocke, aber niemand kam. Ich versuchte, beruhigend auf ihn einzureden, er lallte unverständliches Zeug und wandte sich von mir ab. Auf einmal rumpelte es, mein Bett wackelte - er war ausgerutscht und gefallen. Jammernd lag er am Boden und noch immer kam niemand. Ich war hilflos, was sollte ich in meiner Lage mehr tun als läuten? Ich rief um Hilfe. Endlich kamen zwei Pfleger. Ich hatte nicht geglaubt, dass ich jemanden so hassen könnte wie diesen Mann in dieser Nacht, der mich die ganze Zeit über durch seine Unruhe und sein Geschrei nicht zum Schlafen kommen ließ.

Ich lernte, was Schmerzen sind. Jeder Hustenstoß, schlimmer noch jedes Niesen, bedeutete eine Steigerung der schmerzhaften Anspannung meines Bauches bis ins Unerträgliche. Manchmal gelang es mir, durch Änderung der Beinhaltung das Reißen etwas zu lindern; mit großer Dankbarkeit empfand ich dann aber die Wirkung der Schmerzspritze, die mich endlich wieder in einen etwas entspannteren Dämmerschlaf sinken ließ.

Mit einiger Mühe erholte ich mich von der Operation. Man hatte viele Lymphknoten entfernt. Beunruhigtes Warten, bis endlich von der pathologischen Untersuchung das Ergebnis kam, dass kein Lymphknoten vom Krebs befallen war. Erleichterung, alles überstanden.

Ich wurde aus der Klinik entlassen, endlich wieder daheim. Die Obstbäume blühten, man merkte, dass es Frühling wurde. Nach langen Tagen der Apathie begann ich aufzuleben. Ich saß oft in der Sonne und genoss den Duft des Frühlings wie noch nie. Worin nur der Zauber dieser Jahreszeit begründet liegt? Vielleicht gibt es im Menschen gewisse Urtriebe, die, unbewusst zwar, noch vom Wandel der Natur abhängen. Romantikduselei? Es ist nicht zu leugnen, ein Liebesahnen durchweht die Luft und auch die Seele, im Winter irgendwie verkapselt und träge, scheint ihre Hüllen zu sprengen und aufzublühen.

Dann entschloss ich mich, weiter zu studieren und doch keine Pause zu machen, wie ich ursprünglich gedacht hatte. Eigentlich hätte ich noch eine Kur machen können. Irgendwie kam die alte Angst durch, etwas zu versäumen. In Heidelberg war alles beim Alten geblieben: Meine Kommilitonen strebten und lernten nach wie vor, viele arbeiteten an ihrer Dissertation. Recht lächerlich und klein erschienen mir nun ihre Sorgen um Prüfungen und Klausuren, ihre krampfhaften Bemühungen um Erfolg. Welch unwichtige Dinge waren es doch im Grunde, deretwegen sie sich das Leben schwer machten. Oder nahmen sie es vielleicht gar nicht so schwer? So war es eben bei mir gewesen - jetzt studieren, leben später. Ich nahm mir vor, das Studium viel lockerer zu nehmen als bisher, denn ich wollte so viel anderes machen: Schreiben, Musik, Reisen und mit Martina, die inzwischen auch in Heidelberg wohnte, zusammen sein.

Ein neues Problem stellte sich mir - was und wie sollte ich meinen Kommilitonen von meiner Krankheit erzählen? Es war eigenartig, bald hatte ich mir angewöhnt, von mir selbst im Tonfall einer klinischen Vorlesung zu berichten, ich beschrieb meinen Fall fast lehrbuchmäßig. Wer es hören wollte, dem erzählte ich von Operationstechnik, von Histologie, von Häufigkeitsgipfeln, von allem, was ich eben über Hodenteratome gelesen hatte. Es war, als betrachtete ich mich von außen, als sei ich mein eigener Patient. Auf diese Weise trennte ich gewissermaßen mein Ich als Mediziner von dem Teil, der krank war. Diesen Teil wollte ich abgeschlossen wissen, berichtete deshalb nüchtern und sachlich über ihn. Manchen Leuten sagte ich auch gar nichts von meiner Krankheit, denn ich merkte, dass es vielen unbehaglich war, darüber zu reden.

Rasch kehrte ich zu Normalität zurück. Die Heidelberger Hektik hatte mich bald wieder eingeholt. Kurse, Bemühungen um eine Doktorarbeit, Lernen auf Klausuren, Vorfreude auf die zu kurzen Wochenenden. So kam es, dass ich wieder in den alten Medizinertrott geriet. Von all dem, was ich mir neben oder anstatt Studium vorgenommen hatte, blieb wenig. Mein Leben gestaltete sich genauso wie vor der Krankheit, obwohl ich doch eigentlich ,bewusster' leben wollte. Verdrängen, vergessen. Nicht mehr wahrhaben, was im Frühjahr geschehen war.

Der Sommer war angefüllt mit Aktivität: Sechs Wochen Famulatur in stickigen Krankenzimmern, während sich draußen die Sonne zerstrahlte. Endlich der Urlaub; Martina und ich wanderten in den bayrischen Alpen und hetzten durch die Münchner Sehenswürdigkeiten. Ab und zu spürte ich ein leichtes dumpfes Ziehen in der linken Flanke, dem ich aber keine Bedeutung beimaß. Oft dachte ich gar nicht mehr an die Krankheit, nur wenn mir das Fehlen meines einen Hodens bewusst wurde, entstand wieder eine dumpfe Ahnung der Bedrohung in mir, vielleicht war es Angst, doch schnell versuchte ich, alle unangenehmen Gedanken wegzudrängen.

Hin und wieder musste ich zu Kontrollen in die Klinik. Angstvolles Warten bei den verschiedenen Untersuchungen, aber in den ersten Monaten fanden sie nichts und ich ging jedesmal erleichtert nach Hause. Doch dann kam jener Dienstag...

Metastase

Tagebuch vom Mittwoch, 28. 9. 1983

„Ich liege jetzt im Gras und genieße die Herbstsonne. Vielleicht für lange Zeit zum letzten Mal Sonne. Seit gestern Morgen steckt mir das Entsetzen in den Gliedern. Es in Worte zu fassen, fällt mir schwer. Es begann, als ich unter dem Computertomographen lag und plötzlich noch zusätzliche Bilder gemacht werden mussten. Eigentlich war ich ganz fröhlich am Dienstagmorgen mit Martina zu dieser Untersuchung nach Heilbronn gefahren. Wie immer hatte ich zwar ein ungutes Gefühl in der Magengegend, aber im Grund hatte ich ja meine Krankheit schon so weit verdrängt, dass ich eigentlich mit nichts Schlimmem rechnete. Als ich mit drängender Harnblase im CT lag, war ich denn auch recht unbefangen, bis es hieß: Wir müssen noch ein paar Aufnahmen machen. Und anschließend: Der Doktor spricht dann noch mit Ihnen ... Wieso extra mit mir sprechen? Reicht denn nicht der Befundbericht an den Hausarzt?. Als ich vom Arzt ins Zimmer gerufen und zum Platz nehmen aufgefordert wurde und ich die Bilder am Röntgen-Schaukasten sah, begann alles einzubrechen. Fast unvorbereitet, ich hatte doch ernstlich an nichts Schlimmes geglaubt, trafen mich die Worte: Es hilft nichts, da muss man ran, vergrößerter Lymphknoten links vor der Aorta, doppelt pflaumengroß usw. Hilflos und ungläubig stand ich vor dem Schaukasten. Der Versuch, zu verhandeln, ihm wenigstens ein tröstendes Wort abzulocken. Merkwürdig nüchtern ging er gleich zum Organisatorischen über, Hausarzt, Klinik ... wollen Sie sich hinlegen, Sie sind ja ganz blass?" Aber ich will raus hier, zu Martina, nach Hause, will mich verkriechen. Schnell in den Aufzug. Meine Beine machen kaum mit.

Ich trat hinaus auf die Straße. Vorbei an Schaufenstern ging ich, tauchte wie ein Fremdkörper in die Flut der Einkaufsmenschen, hatte nur eins im Sinn: zurück zum Auto, Martina treffen. Um mich herum flimmerte es, ich lief wie durch eine Röhre. Da sah ich Martina zwischen den Autos auf mich zukommen, im lila T-Shirt, den Einkaufskorb im Arm. Sie lachte und winkte mir, noch in einer ganz anderen Welt als ich. Mein Hals zog sich zusammen, ich versuchte zu schlucken, aber es ging nicht. Dann klammerte ich mich an ihr fest, wollte mich in ihrer Umarmung verstecken, nichts mehr sehen, nichts mehr wissen. Ich spürte, wie Martinas Gesicht langsam heiß wurde. Das Würgen im Hals wurde stärker und tat weh, aber ich hatte keine Tränen.

Wir irrten ziellos in die Fußgängerzone hinein, fanden schließlich eine vom Menschenstrom umflossene freie Bank. Vorübereilende Stöckelschuhe, Plastiktüten, Krawattenmänner, Schülerhaufen. Ich nahm das alles kaum wahr. Ein Sturzbach aus Gedanken und Gefühlen durchtoste meinen Kopf. Enttäuschung, Wut, Panik. Gedanken an Operation und Narkose, die Angst davor. Ratlosigkeit. Ich hatte doch noch soviel vor! Warum geht es jetzt wieder los, es hätte doch genügt? Die Zukunft ist ein Scherbenhaufen. Manche Leute blieben stehen und wunderten sich über das niedergeschlagene, rotäugige Paar, das da mitten in der Stadtgeschäftigkeit seine Verzweiflung kaum zu verbergen vermochte. Als wir endlich heimfuhren, stand mir noch bevor, es meinen Eltern zu sagen."

Husch

Den Vorhang empor
das Licht hervor
den Kampf gekämpft
die Flamme gedämpft
den Vorhang zu
und drauß' bist du.

Dann ging alles sehr schnell. Wieder ins Krankenhaus, auf die Urologie. Wieder die Prozedur mit der Darmreinigung. Wieder wurde der ganze Bauch aufgeschnitten, an derselben Narbe, nur mit neuen Drainagelöchern. Diesmal erholte ich mich noch schlechter, rappelte mich aber dann doch auf. Dann kam das Kontroll-CT: Der Lymphknotentumor war nach wie vor zu sehen! Ich war niedergeschmettert. Was hatten die denn überhaupt operiert? Wozu war die ganze Quälerei bisher überhaupt gut gewesen? Trotz der ersten großen Operation war die Lymphknotenmetastase entstanden und jetzt nach der zweiten war sie immer noch da. Verzweifelt suchte ich neue Ärzte. Ich fand einen Internisten in der Heidelberger Ludolph-Krehl-Klinik. Der war entsetzt, als er meine Krankengeschichte hörte. Er meinte, heutzutage müsse man bei solchen Metastasen zuallererst eine Chemotherapie machen und keinesfalls gleich operieren. Ich war wie vor den Kopf geschlagen.

Die ganze Prozedur sinnlos? Warum war ich nur so gutgläubig und voreilig gewesen und hatte mich nicht besser umgehört? Jetzt machte ich mir schwere Vorwürfe, weil ich mich aus Panik zu schnell hatte wieder operieren lassen. Doch jetzt wollte ich alles richtig machen. Ich wurde auf mein Drängen hin in die Heidelberger Universitätsklinik zur Chemotherapie eingewiesen, obwohl ich von der Operation her noch sehr schwach war. Das war im November 1983.

Chemotherapie

„Zytostatika sind Substanzen, die unspezifisch die Teilungsrate der Zellen vermindern." So lernte ich in meinem Pharmakologiebuch. Dies heißt, die verwendeten giftigen Substanzen wirken auf alle in Wachstum befindlichen Gewebe: auf einen Tumor ebenso wie auf die Haarfollikel, das Knochenmark oder die Schleimhäute. Nur mit Widerwillen hatte ich als Student die klinischen Kurse auf den Stationen besucht, in denen Chemotherapien durchgeführt wurden, denn der Anblick dieser Patienten schreckte mich: Ausgemergelte Frauen, haarlos, mit schwarzumrandeten, tiefliegenden Augen. Grauhäutige Menschen, die sich immer wieder übergeben mussten, krampfhaft gekrümmt, dann vor Anstrengung zitternd und schweißgebadet. Oft konnte ich nicht unterscheiden - war es die Krebskrankheit oder war es die Chemotherapie, die die abgemagerten, hohläugigen Menschen zu solchen Jammerbildern hatte werden lassen? Und nun sollte ich selbst ...

Man sagte mir, eine Chemotherapie sei meine einzige Chance, nachdem die Operation nicht genügt hatte, den Tumor zu entfernen. Der Arzt in der Heidelberger Krehl-Klinik, den man mir empfohlen hatte, machte einen ruhigen, vertrauenswürdigen und zuversichtlichen Eindruck. Also was blieb mir übrig?

Universitätskliniken sind oft unbehaglich, das hatte ich als Student schon gemerkt, und das galt für die alten Heidelberger Kliniken in ganz besonderem Maße. Offensichtlich gab man dort das Geld nicht für freundliche Raumgestaltung aus, sondern lieber für teure Apparate, die ja für die Forschung so wichtig sind. Schäbige, muffige Krankenzimmer mit Betten, von denen der Lack abplatzte, hässlichen Plastikstühlen, abgeblassten Kalenderfotos oder gar keinen Bildern an den Wänden. Trostlose Gänge mit vertrockneten Pflanzen in kalkverkrusteten alten Blumentöpfen, schlampige Putzfrauen, die träge ihren Schrubber am Boden hin und her schmierten. Alles wirkte abgewetzt, eingeschliffene Lieblosigkeit.

Nun stand ich mit Martina auf dem dunklen Gang der Station Naunyn in der Krehl-Klinik. Wir blickten aus einem der schmalen, hohen Fenster. Draußen regnete es, der Lärm der „Bergheimer Straße" drang herüber, Spätherbst. Mit bescheidener Patientendemut warteten wir, anscheinend unbeachtet von den verdrossen blickenden Schwestern, die ab und zu über den Gang huschten. Nach einigen Stunden wurde mir endlich ein Bett zugewiesen, zunächst allerdings nicht in einem Zimmer, sondern auf dem Gang. Das ist schon erniedrigend: ungeschützt den Blicken der Vorübergehenden ausgesetzt, den Geräuschen und Gerüchen der Station. Auch das ist Hochschulmedizin.

Tagebuch vom 25. 10. 1983

„- Soeben war der Arzt da, es geht jetzt gleich los. Ich habe einen Katheter in der Armvene, durch den schon vier Liter Kochsalzlösung geflossen sind. Jetzt wird es also Ernst mit den Zytostatika. Warten, dass die Tür aufgeht. Ich bin aufgeregt. Wenn doch jemand da wäre ... Ich habe versucht, mir einzureden: ‚Du schaffst es!', aber alles ist so jämmerlich."

Schweigen

Infusomaten sind Apparate, die die Geschwindigkeit regeln, mit der eine Infusionsflüssigkeit in die Vene einfließt. Sie sind an sich recht zweckmäßig. Ich aber hasste sie schon nach der ersten Nacht, in der ich an sie angeschlossen war. Drei Infusomaten standen an meinem Bett, von denen jeder verschieden schnell und verschieden laut tickte und rasselte. Und an jedem brannte ein grünes Lämpchen. Für eine halbe Stunde pro Tag wurde ich von den Schläuchen und Automaten befreit, zum Waschen und für den Gang zur Toilette.

Dreiundzwanzigeinhalb Stunden musste ich ruhig daliegen, den Arm steifhalten, damit der Venenkatheter nicht abknickte, auf das Getrommel der Infusomaten horchen. Dieses unrhythmische Ticken war nervenzerreibend. Und der Schreck, wenn plötzlich einer der Apparate laut zu tröten anfing, weil irgendeine Störung vorlag. Dann musste ich auf die Schwesternglocke drücken, und es dauerte manchmal sehr lange, bis eine Schwester kam.

Wortlos traten sie ein, die Schwestern, stumm nestelten sie am Gewirr der Schläuche herum und schweigend verließen sie das Zimmer wieder.

Am ersten Tag aß ich das Mittagessen. Am zweiten Tag würgte ich mit Müh und Not ein trockenes Stück Brot hinunter. Dann aß und trank ich nichts mehr. Eine solch nachhaltige Übelkeit hatte ich noch nie erlebt. Alles war mir gleichgültig. Wenn nur diese Übelkeit weg wäre. Der Ekel gegen alle Nahrung steigerte sich, wenn ich nur an Essen dachte, musste ich mich übergeben. Es war so peinlich, immer wieder eine gefüllte Brechschale abzugeben oder eine volle Urinflasche, von den Schwestern wortlos entgegengenommen. Ich fühlte mich so hilflos und einsam, besonders nachts.

Einziger Lichtblick war eine ganz bestimmte Nachtschwester, die immer eine lustige Bemerkung auf den Lippen hatte und immer ein Weilchen mit mir redete, auch wenn sie mal wieder Erbrochenes entfernen oder verschütteten Urin aufputzen musste.

Jeden Abend wurde das Abendbrot hereingetragen, obwohl ich gesagt hatte, dass ich nichts wollte. Wenn ich die fette Wurst nur roch, übergab ich mich. Ekel vor mir selbst. Haare waschen ging nicht, sie wurden von Tag zu Tag fettiger. Urin musste ich im Bett lassen, in eine milchweiße Plastikflasche. Alles wurde so schmuddelig. Jeden Tag dieselbe Prozedur, wenn frische Infusionsflaschen angehängt wurden: Ein harntreibendes Mittel wurde vorweg gespritzt, dann kamen die Gifte. Es waren endlose Stunden, in denen ich dahindämmerte, voll Angst vor einem neuen Erbrechensschwall. Irgendwie gingen die fünf Tage herum, aber danach konnte ich mich kaum auf den Beinen halten. Zwischen den einzelnen Therapiezyklen waren jedesmal drei Wochen Pause, kostbare Wochen, aber der Tag, an dem ich wieder zur Chemotherapie musste, rückte rasend schnell wieder heran. Es waren die Wochen, in denen ich damit anfing, dieses Buch zu schreiben.

Zuhause, vor dem Spiegel. Ich wusste ja, dass mir die Haare ausfallen würden, aber trotzdem erschrak ich, als in meinem Kamm plötzlich ganze Haarbüschel hängenblieben. Später vermied ich es, in den Spiegel zu schauen. Ich wurde blasser und blasser, mein Blutbild erholte sich nach jedem Zyklus langsamer, weiße und rote Blutkörperchen wurden im Knochenmark durch die Chemotherapie nicht mehr schnell genug nachgebildet. Schwäche, Müdigkeit, Atemnot bei der kleinsten Anstrengung.

Die körperlichen Qualen waren aber doch irgendwie zu ertragen. Ich hatte es mir noch schlimmer vorgestellt. Am schlimmsten aber war das Schweigen in der Klinik. Warum redeten die Schwestern nicht? Ärzte hatten meist auch nur Zeit für einige kurze Fragen

nach meinem Befinden. War es Zeitmangel? Überlastung? Gleichgültigkeit? Oder Abgestumpftheit angesichts von so viel Leid und
Hoffnungslosigkeit auf der Station? Das kleinste, noch so neben-
sächliche Gespräch hätte mir gutgetan, wäre mir eine Aufmunte-
rung gewesen. Naja, das Klinikpersonal hat viel zu tun.

Zeitmangel kann aber diese permanente Stummheit weder er-
klären noch entschuldigen. Wissen sie nicht, dass Patienten trotz
allem lebendige Menschen sind? Lebendig, mit allen Bedürfnissen
nach Wärme und Zuwendung, gerade weil die Kühle des Todes
droht. Und mit Angst. Die Angst ist immer da.

Oder doch

Verloschene Lichter.
Mitleidsmienen
und Trauergesichter
sind bei mir erschienen.
Kein heiteres Lachen,
hoffnungsgeladen,
ist, Mut zu machen,
zu mir geraten.
Und Zuversicht
bracht' keiner noch;
es gibt sie nicht.
Oder doch?

So endete der Text damals, 1983.

1991, nach dem erneuten Niederschreiben, war ich mir unsicher, ob ich noch viel dazufügen sollte. Martina, meine Frau, hatte alles zum ersten Mal gelesen und meinte, es sei sehr negativ, so negativ könne es doch nicht immer gewesen sein. Sie hatte Recht, und deshalb berichte ich noch kurz, wie es weiter ging:

Danach

Es gäbe noch vieles zu berichten, was mit der Krankheit zu tun hatte. Meine verzweifelte Suche nach alternativen Heilmitteln zum Beispiel, die mich zu den verschiedensten Heilpraktikern, Ärzten, Rutengängern und Ernährungsaposteln führte. Das Geschäft mit der Angst und der Hoffnung auf den rettenden Strohhalm blüht! Wie soll der Panik geschüttelte Krebskranke zwischen Scharlatanen und Leuten, die es ehrlich meinen, unterscheiden? Ich hatte Kontakt mit Männern, deren Heilmittel kurz darauf verboten wurden, oder die plötzlich unbekannt verzogen waren. Manche taten so, als besäßen sie das Krebsheilmittel schlechthin, nur würde die böse Schulmedizin aus Profitinteresse dieses Mittel boykottieren. Was sollte man glauben? Jedenfalls führte ich Kuren mit Mistelspritzen, Diät, Einläufe, Ozontherapien, Zellspritzen und noch mehr durch, zum Glück unterstützt von einer Hausärztin, die durch ihre Rezeptverordnungen das Ganze finanziell erträglich hielt. Doch wehe, wenn ich in der Uniklinik diese alternativen Methoden nur erwähnte! Ich wurde mit meinen Fragen entweder abgewimmelt oder einmal, von einem Oberarzt, so zur Schnecke gemacht, dass mir anschließend noch viel übler wurde. Doch das mit der „biologischen Krebsmedizin" ist ein Kapitel für sich...

Nach Abschluss der Chemotherapie hatten die Ärzte und ich erwartet, dass der Tumor in der Nierengegend verschwunden sei. Zuversichtlich wurde wieder ein CT durchgeführt. Ratloses Entsetzen bei mir und ungläubiges Kopfschütteln bei den Ärzten, als festgestellt wurde, dass der Knoten nach wie vor vorhanden war! War das denn möglich? War all die Quälerei umsonst? Was nun?

Inzwischen hatte ich erfahren, wer in Deutschland als „Hoden-papst" galt: Ein Professor in Bonn hatte offensichtlich die größte Erfahrung mit der Behandlung von Hodentumoren. Ich fuhr mit Martina nach Bonn und stellte mich mit meinen Befunden bei dem Urologie-Professor vor. Mit der Auskunft, dass man mich wohl operieren könne, ich aber mit dem Verlust der linken Niere und mit Schäden am Blutgefäßsystem rechnen müsse, kehrte ich heim und musste mich entscheiden.

Martina hatte Semesterferien und begleitete mich nach Bonn. Am letzten Abend vor der Operation gingen wir noch in eine Bonner Kneipe. Ich durfte wiederum nur noch trinken. Ich weiß noch, dass ich mir so ein kleines Bier - ein Kölsch - gönnte. Die Angst war diesmal unsäglich. Gott sei Dank war ich nicht allein.

Als ich erwachte, stand der Assistenzarzt an meinem Bett und meinte, die Operation habe sehr lange gedauert, sei aber lohnend gewesen, man habe viel Tumorgewebe entfernt. Die Niere sei noch drin, man habe aber an der Hauptschlagader ein Wandstück ent-fernen und durch eine Prothese ersetzen müssen. Das Ergebnis der pathologischen Gewebeuntersuchung ergab dann noch ein „differenziertes", also nicht mehr bösartiges Tumorgewebe. Ich brauchte also keine Chemotherapie mehr, sondern musste le-diglich unter CT - Beobachtung bleiben. Sollte das wahr sein? Durfte ich glauben, dass es endlich einmal etwas Positives für mich gab?

Diesmal erholte ich mich sehr rasch. Irgendwie merkte ich, dass neues Leben in mir eingekehrt war. Mir fielen wieder lustigere Gedichte ein. Ich machte neue Pläne. Den Frühling des Jahres 1984 empfand ich als echtes Aufleben, fast als ob ich noch einmal geboren worden sei.
Die innere Kraft, die in mir aufkeimte, ist schwer zu beschrei-ben, aber sie bewirkte ein tolles Lebensgefühl. Früher als erwar-

tet konnte ich die Klinik verlassen. Schließlich bekam ich sogar wieder Lust zum Studieren.

Die wiederkehrenden Kontrolluntersuchungen waren stets angstbesetzt, brachten aber glücklicherweise nie schlechte Ergebnisse. Bedrückend und nervtötend war nur die endlose Warterei auf den Gängen der Krebsambulanz in der Krehl-Klinik, zusammen mit Leuten, denen es oft sehr viel schlechter ging als mir. Nach diesen Untersuchungsterminen fragte ich nie danach, was herausgekommen war, ich verdrängte den Gedanken, dass die Krankheit wiederkommen könnte und sagte mir, wenn etwas sein sollte, werden sie sich schon von selbst melden. Wer hat schon gerne Angst?

Wie es weiter ging

Zufall? Jedenfalls ist es so, dass ich mit der Neubearbeitung des Textes just in der Fastenzeit des Jahres 2003 fertig werde - schließt sich damit irgendwie ein Kreis?

Die Fasten- und Bußzeit als Symbol für das Leiden - und dann die hoffnungsgeladene Osterzeit!

Natürlich musste ich noch ergänzen, wie es seither weiterging:

Arzt

Als ich fertig studiert, das Praktische Jahr und auch meine Doktorarbeit hinter mich gebracht hatte, machte ich mich auf Stellensuche. Das war schwierig und manchmal bitter. Es war die Zeit der „Ärzteschwemme", in der Weiterbildungsstellen Mangelware waren. Trotz gutem Examen und guten diagnostischen Vorkenntnissen wollte mich in der näheren Umgebung kein Krankenhaus haben. Manche Vorstellungsgespräche waren richtiggehend demütigend, weil man schon bei der Vorzimmerdame sehr herablassend behandelt wurde und oft sehr lange warten musste, bis der Chefarzt sich endlich Zeit nahm. Später erfuhr man dann beispielsweise, dass die Tochter eines Stadtrats die Stelle am städtischen Klinikum bekommen hatte. Trotzdem musste man immer freundlich und arbeitswillig erscheinen. Die meisten Chefs lasen meine Bewerbungsunterlagen wohl gar nicht; allzu oft bekam ich meine Papiere in zerknittertem Zustand schlecht verpackt mit einer fotokopierten Absage zurück, oder überhaupt nicht.

Erst mit der Zeit wurde mir ein Fehler klar: Treuherzig hatte ich immer meine Schwerbehinderteneigenschaft infolge der Krebserkrankung erwähnt, weil Behinderte ja laut Gesetz bevorzugt eingestellt werden müssten. Schließlich klärte mich ein ehrlicher Oberarzt darüber auf, dass keine Verwaltung je einen teuren Arzt mit dem Risiko von Arbeitsausfällen durch Vorerkrankungen einstellen würde. Beim Geld hört die Behindertenfreundlichkeit auf.

Es gelang mir letztlich aber doch, meine Facharztweiterbildung zum Internisten abzuschließen. Früh merkte ich allerdings, dass die reine Lehrbuchmedizin für viele Probleme keine Konzepte bot, vor allem bei chronisch oder unheilbar Kranken. Die Medizin in den Akutkliniken erlebte ich vor allem stressbesetzt und an insuffizienten Strukturen krankend.

Im normalen Krankenhaus wird Ärzten ein Höchstmaß an Einsatz abverlangt. Die Arbeitserfordernisse sprechen den gesetzlichen Arbeitszeiten Hohn. Burnout und Resignation sind unter Ärzten häufig anzutreffen, wenn sie in entsprechenden Abteilungen arbeiten. Viel Verantwortung ohne große eigene Gestaltungsfähigkeit sind für einen Krankenhausarzt die Regel. Dazu kommen mehr und mehr bürokratische Anforderungen von Verwaltungen und Krankenkassen.

Die Notfall- und Intensivmedizin, die doch dem Leitbild vom Arzt als Lebensretter am ehesten entspricht, erlebte ich zwiespältig. Oft behandelten wir auf der Intensivstation Fälle im Koma, mit Hirnblutungen oder schweren Infektionen, wo letztlich aller Kampf vergebens war. Da kamen uns oft Zweifel über den Sinn der Tätigkeit. Es gab aber immer wieder auch Erfolge, so dass ich glaube, dass die Intensivmedizin, verantwortlich angewandt, doch ein Segen sein kann. Meine Welt sollte diese hoch technisierte Medizin mit ihrer nüchtern-mechanistischen Arbeitsweise aber nicht sein.

Ich suchte deshalb nach Ergänzungen und nach Horizonterweiterung. Längere Zeit beschäftigte ich mich mit der Homöopathie und Naturheilkunde. Noch als Student wurde ich Mitglied in der Heidelberger „Gesellschaft für biologische Krebsabwehr". Weil die gängige Medizin für chronische und psychisch mitbedingte Störungen kaum Konzepte zu bieten hat, erweiterte ich meine Erfahrungen durch Ausbildungsgänge in Chirotherapie, Akupunktur und Hypnosetherapie.

Schließlich habe ich meine ärztliche „Heimat" im Bereich der Rehabilitationsmedizin gefunden. Diese hat mit dem früheren

„Kurwesen" nichts mehr zu tun. Medizinische Rehabilitation befasst sich beispielsweise mit Funktionsdefiziten nach Operationen und schweren Erkrankungen oder aber mit chronischen Gesundheitsproblemen auf der körperlichen und seelischen Ebene. Es geht um Erhalt oder Wiedergewinn von Mobilität, Autonomie und Lebensmut, letztlich um ein Konzept zur besseren Lebensqualität trotz bestehender Schwächen und Störungen. Dies ist eine besondere Art von Heilung: Lebensfähig und genussfähig bleiben, auch wenn der Körper oder die Seele Defekte und Narben haben. Denn das Leben hinterlässt bei jedem bleibende Blessuren, wenn er nur alt genug wird. Und statistisch gesehen werden wir ja immer älter ...

Diese Art von Medizin hatte vordergründig mit der „Lebensrettungsmedizin" am Akutkrankenhaus nichts zu tun. Das mag mancher als Makel begreifen, ich selbst halte inzwischen die ärztlichen Möglichkeiten in der Rehabilitation für kreativ, segensreich und befriedigend.
Es geht nicht ums akute Überleben, aber dennoch geht es ums Leben. Im Laufe der Jahre ahnte ich, was „Arztsein" auch bedeuten kann - statt hoch technisiertem (und gelegentlich hoch stilisiertem) Kampf gegen den Tod: Vermittlung menschlicher Nähe. Statt verzweifeltem Aktionismus: Begleitung.

Kraichgau-Klinik

Bad Rappenau - ein kleiner Kurort ohne das dekadente Flair und den morbiden Charme der mondänen Badeorte. Dafür wird hier „Basisarbeit" für ganz normale Menschen geleistet.
Hier bin ich gelandet, ganz in der Nähe meines Heimatortes. Und die Klinik, in der ich seit Jahren meine berufliche Heimat finde, heißt auch noch nach der heimatlichen Region: Kraichgau-Klinik.
Als Internist und Oberarzt hatte ich hier endlich eine Stelle gefunden, in der ich viele meiner beruflichen Wunschvorstellungen verwirklichen konnte: Zeit haben für Gespräche, fachliche Vielfalt, eigene Ideen umsetzen, sich im Team austauschen können, ausreichender Verdienst. Ich war eigentlich ganz zufrieden. In der Freizeit engagierte ich mich für Selbsthilfegruppen, hatte aber auch noch Zeit für Kabarett und Musik und für die Gründung eines „Bürgervereins" in unserem neuen Wohnort.

Die Reha-Krise

Stetig ist nur der Wechsel - und so war es auch mit meiner Klinik. Gerade mal darauf eingestellt, dass es die nächsten Jahre als Oberarzt so weitergehen könnte, erließ die damalige CDU-FDP-Regierung ein furchtbar kurzsichtiges Einspargesetz mit dem Ziel, Kuren und die Kosten dafür einzudämmen. Heute noch spüre ich Groll, wenn ich an den damaligen Kahlschlag (oder besser „Kohlschlag") denke. Patientenanträge wurden rigoros abgelehnt, Zuzahlungen erhöht, die Heilverfahrensdauer auf 3 Wochen gekürzt. Die Folgen waren verheerend. Viele Rehabilitationskliniken, vor allem in privater Trägerschaft, mussten schließen oder hatten mit schweren Belegungs- und Erlöseinbrüchen zu kämpfen. Wir waren ohnmächtig der Willkür der Politiker und der durchführenden Beamten ausgeliefert. Alle Eingaben bei Abgeordneten fruchteten nichts. Bundesweit gingen 30 000 qualifizierte und menschenfreundliche Arbeitsplätze verloren, es gingen mehr Patienten in Frührente, weil ihnen die Rehabilitation und berufliche Wiedereingliederung versagt wurde. Der geplante Effekt, bei der Rentenversicherung Geld einzusparen und die Lohnnebenkosten zu senken, schlug in das genaue Gegenteil um. Dieses unsinnige Gesetz hat die Renten- und Arbeitslosenversicherung sicherlich weit mehr Geld gekostet, als es eingespart hat. Schlimmer noch: Hoch spezialisierte Infrastruktur wurde zerschlagen, Therapieangebote für chronisch Kranke verknappt. Es wurde auf dem Rücken der Schwächsten gespart.

Wollen Sie Chefarzt werden?

Auch in der Kraichgau-Klinik kam es zur Krise. Die Bettenbelegung ging stark zurück, Personal wurde überzählig, Entlassungen drohten. Ich betrieb mit einigen Mitstreitern erfolgreich die Gründung eines Betriebsrats. Die Klinik-Verwaltungsleiter wechselten ständig, die prekäre Situation wurde dadurch auch nicht besser. Die Stimmung in der Klinik wurde immer schlechter. Es kam zu Kurzarbeit und zu freiwilligem Lohnverzicht der Arbeitnehmer. Immer mehr Ärzte verließen das Haus.

Das Krisenmanagement verlief auch für mich nicht konfliktfrei. Die Doppelrolle als Oberarzt und Betriebsrat war nervenaufreibend. Ich stellte mich schon darauf ein, etwas anderes zu machen, vielleicht eine Privatpraxis, da kam die Nachricht, die mich geradezu umhaute:

Mein Chef hatte gekündigt! Er hatte sich eine andere Stelle gesucht. Plötzlich war er weg und die Last der Verantwortung hing nur noch an mir als letztem Facharzt und Oberarzt der Klinik. Ich arbeitete Tag und Nacht, die Klinik ließ mich sogar im Schlaf nicht mehr los. Die Patientenbelegung stabilisierte sich nämlich wieder und die Arbeit für die Rumpf-Besatzung wuchs rapide. Und dann bot mir die Geschäftsleitung die Chefarztposition an! Ich musste mich über die Weihnachtstage 1998 entscheiden. Ich entschied mich dafür, nicht zu kneifen, sondern als designierter Chef in der Klinik zu bleiben und anzupacken. Zum Glück kam ich mit dem damaligen Verwaltungsleiter gut aus. Eine Aufbruchstimmung entstand. Es gelang uns, in kürzester Zeit neue Ärzte einzustellen. Wir entwarfen neue Marketingkonzepte. Ein programmversierter Kollege richtete eine Klinik-Homepage im Internet ein, die sehr gut angenommen wurde (www.Kraichgau-Klinik.de). Viele kleinere und größere Missstände wurden beseitigt - natürlich nicht alle. Als jedoch eine Delegation der BfA unangemeldet zu einem

Kontrollbesuch anreiste, hatten wir die Klinik strukturell und personell bereits wieder so gut auf Vordermann gebracht, dass wir ein regelrechtes Lob erhielten.

Noch heute bin ich meinen Mitarbeitern für diese Gemeinschaftsleistung sehr dankbar. Ich selbst bezahlte diesen Stress allerdings mit Erschöpfungserscheinungen bis kurz vor dem Zusammenbruch, zumal in diese Zeit auch noch die Geburt unserer Tochter fiel. Aber wir strampelten uns frei. Ein neuer, engagiert arbeitender Oberarzt kam hinzu, die Belegung stabilisierte sich und wir konnten den Klinikbetrieb schließlich mit neuem Schwung weiterführen. Seither ist die Klinik stabil belegt, allerdings mit höherem Patientendurchsatz als früher, was insgesamt viel mehr Arbeit bedeutet.

Es bleibt also schwierig, aber in anderen Bereichen des Gesundheitswesens geht es inzwischen noch unübersichtlicher zu als im Reha-Bereich. Die Kraichgau-Klinik hat sich gut weiterentwickelt und ich glaube, wir wirken in vieler Hinsicht segensreich für unsere Patienten. Wir haben uns auf einige Schwerpunkte konzentriert. Einer davon ist die stationäre Nachbetreuung nach Krebserkrankungen, durchaus aber auch die Betreuung von Menschen mit fortgeschrittenerem Krebs. Ein anderer Schwerpunkt liegt in der Behandlung von Patienten mit chronischen Schmerzen, was eine ganz besondere Herausforderung darstellt. Doch das ist ein anderes Thema ...

Eine eigene Familie

Und privat? Es schien so, als ob zum Ausgleich für früher erlittenes Leid das Schicksal doch noch ein Einsehen hatte: Martina wurde Lehrerin und fühlte sich in diesem Beruf sehr wohl. Wir heirateten und bauten - welch Klischee! - ein Häuschen im Grünen. Es fehlte uns nur noch eine Kleinigkeit, aber auch die blieb uns nicht versagt: Unsere Tochter Anna kam 1998 zur Welt. Jede Familie könnte über ihre Kinder ein eigenes Buch schreiben und so ist es auch bei uns: Die Radikalität, mit der ein Kind das gewohnte Leben verändert, ahnt man vorher nicht. Es kam aber auch gleich knüppeldick. Eine knappe Woche nach ihrer Geburt stürzte uns Anna schon in Turbulenzen: Sie bekam Neugeborenenkrämpfe. Glückliche, liebende und stolze Eltern - und plötzlich zuckt der kleine Körper, das Gesichtchen läuft blau an und das Kind liegt hinterher ganz schlaff in meinem Arm. Die Woche auf der Intensivstation in der Kinderklinik war kräftezehrend. Martina war fast ständig dort. Zum Glück verschwanden die Krämpfe und mit der Zeit auch die Angst davor. Inzwischen ist Anna fast 5 Jahre alt und ein goldiges, zum Glück auch eigenwilliges, ständig singendes, malendes und Papier schnippelndes Kind, das, wie wir finden, gut zu seinen Eltern passt.

So weit die reine Berichterstattung. Nun ist es mir noch ein Anliegen, einige Betrachtungen aus der Perspektive eines Dreiundvierzigjährigen anzufügen. Manches mag wiederum überkritisch erscheinen, denn ich bin keineswegs versöhnt mit unserem Medizinsystem und seinen Unzulänglichkeiten. Man mag mich als „Nestbeschmutzer" ansehen. Aber nur kritisches Hinterfragen legt den Keim zu notwendigen Verbesserungen. Und „Querdenken" hat mir immer schon Spaß gemacht ...

Arzt sein - Traum oder Albtraum?

Schon zu Beginn der Geschichte klangen kritische Töne an: Warum studiert man überhaupt Medizin? Aus Idealismus? Wegen des scheinbar hohen Sozialstatus? Wegen der interessanten Vielfalt? Wegen der menschlichen Herausforderung? Wegen des vermeintlich hohen Einkommens? Bis heute kann ich es nicht eindeutig beantworten, wahrscheinlich spielen viele Faktoren mit.

Die Desillusionierung von uns Ärzten geht ja schrittweise vonstatten. Das Studium mit seiner rein naturwissenschaftlichen Ausrichtung ist einfach lächerlich unzureichend, weil man die wesentlichen Dimensionen des Menschseins, des Krankseins, der Gesundung oder des Sterbens weder mit Biochemie noch mit Statistik erfasst. Zu erleben, welche Arbeits- und Betreuungsbedingungen in Krankenhäusern herrschen, ist ein regelrechter Schock für Menschen, die ein perfekt funktionierendes System erwarten.
Selbst die wunderbaren Glanzleistungen einzelner Klinikzentren z.B. mit Herztransplantationen und anderer high tech-Medizin relativieren sich, wenn man in „Wald- und Wiesen-Kliniken" nicht einmal genügend Physiotherapeuten hat, um z.B. einem Patienten mit Schlaganfall zu einem raschen Mobilisierungstraining zu verhelfen. Psychologen findet man in den Krankenhäusern so gut wie nie, obwohl man sie oft gebrauchen könnte, wenn Menschen verzweifelt oder voller Panik sind.

Mehr denn je wird der Idealismus und die Leistungsbereitschaft von Ärzten missbraucht, indem sie neben der eigentlichen Patientenarbeit unglaublich viele bürokratische Anforderungen erfüllen müssen. Akutkliniken bieten oft Arbeitsplätze, die man nur erträgt, wenn man entweder abstumpft oder zum Zyniker wird. Viele denken: Nur durch die Weiterbildungszeit durchkommen,

dann wird es besser. Oft ein Irrtum, denn der jahrelange Berufs-
stress verändert die Menschen.

Ich bin nicht sicher, ob ich einem jungen Menschen guten Gewissens raten kann, Medizin zu studieren. Der Beruf ist sehr
interessant und befriedigend, wenn die Rahmenbedingungen
erträglich sind. Jedenfalls sollte sich jeder erst einmal ein Bild
von dem machen, was einen erwartet.

Ärzten wird manchmal vorgeworfen, unter einem „Helfersyn-
drom" zu leiden. Damit ist gemeint, dass ein Mensch die Helferrol-
le wählt und sich darin aufopfert, um dadurch Selbstwertdefizite
auszugleichen. Er brauche quasi die Dankbarkeit seiner Patienten
oder Betreuten, um seiner neurotischen Störung Rechnung zu
tragen. Gegen diese Negativfärbung von selbstlosem Einsatz für
andere habe ich mich lange gewehrt, denn was soll neurotisch
daran sein, sich für andere einzusetzen? Tatsächlich aber geht es
um das selbstschädigende Verhalten zum Beispiel von Ärzten,
die ohne Rücksicht auf sich und ihre Familie körperlich und
psychisch an die Grenzen gehen, oft allerdings nicht freiwillig,
sondern unter den Zwängen eines ausbeuterischen Systems.
Arzt sein kann ein Albtraum sein, wenn man im Notdienst
mehrere Patienten gleichzeitig versorgen soll oder bei Nacht und
Sturm zu einem Unfall mit Schwerverletzten muss oder keinen
Feierabend findet, weil man gerade erst aus dem Operationssaal
kommt und die Station noch unversorgt ist und die Angehörigen
noch auf ihr Arztgespräch warten und noch Entlassberichte dik-
tiert und Diagnosen verschlüsselt werden müssen. Oder wenn
man vor lauter Hektik und Erschöpfung Fehler macht oder etwas
vergisst - das kann tödlich sein. Wie oft bin ich nachts aus dem
Schlaf hochgeschreckt, weil mir noch irgend etwas Dringendes
zu einem Fall einfiel, und ich mir nicht sicher war, ob ich auch
dran gedacht hatte.

Eines müsste jedem Arzt klar sein: Unsere Aufgabe ist nicht, das Sterben zu verhindern, denn das geht nicht. Unsere Aufgabe ist es zwar schon, Leben zu verlängern, wenn technisch machbar, vor allem aber Leben zu erleichtern. So lang wie möglich, aber auch so gut wie möglich zu leben ist Ziel der Menschen und dabei soll die Medizin helfen. Manchmal hat man das Gefühl, der zweite Aspekt, das gute Leben, wird immer intensiveren Behandlungsmethoden geopfert, die vielleicht das Leben ein wenig verlängern, auf jeden Fall aber die Lebensqualität verschlechtern. Das gilt zum Beispiel für manche Chemotherapien, aber auch für große Operationen oder bestimmte Behandlungsmaßnahmen auf Intensivstationen. Als Arzt steht man hier oft in einem ethischen Konflikt, der aber manchen Kollegen in ihrem Machbarkeitsdenken gar nicht bewusst wird. Nicht alles, was machbar ist, ist auch menschengerecht..

Arzt sein kann trotzdem immer noch befriedigend und sinnerfüllt sein. Allerdings muss man wissen, wohin man in der Medizin will. Denn „die" Medizin gibt es heute gar nicht mehr. Das Medizinsystem ist so zersplittert, dass es gar kein einheitliches Berufsbild für Ärzte gibt. Vom hoch spezialisierten Hirnchirurgen über den normalen Hausarzt bis zum reinen Schreibtischarzt in Behörden oder Unternehmen gibt es eine riesige Palette der Möglichkeiten. Entsprechend variieren auch die Einkommen von Ärzten. Es gibt Bereiche, in denen mit relativ wenig Aufwand sehr viel Geld verdient wird und umgekehrt. Der „normale" Arzt jedenfalls ist finanziell längst nicht so gut gestellt, wie die meisten Menschen wohl denken.

Korrekte Behandlung als Glückssache?
Oder: Hilf dir selbst und werde zum Experten für die eigene Krankheit!

Immer wieder beklagen Patienten, dass sie sich in großen Klinken allein gelassen fühlen, es gebe zu wenig Erklärungen, zu wenig klare Richtlinien, zu wenig persönliche Betreuung. Das erlebe ich auch bei Krebspatienten gar nicht so selten: In den onkologischen Ambulanzen wechseln beispielsweise häufig die Ärzte, der neue Assistenzarzt kennt den Einzelfall nicht und muss sich immer erst wieder schlau machen. Die Kommunikation zwischen Klinikabteilungen, vor allem aber zwischen Hausarzt und Universitätsklinik ist oft schlecht. Ich habe Fälle erlebt, in denen der Hausarzt wochenlang nicht informiert wurde, welche therapeutische Strategie, welche Diagnostik, welches Gesamtkonzept vorgesehen ist. Am Ende hat niemand den Überblick über den oft komplizierten Krankheitsverlauf, keiner fühlt sich federführend zuständig. Der Patient und seine Befunde verzetteln sich zwischen den Abteilungen und Institutionen, er muss sich allein durch den Dschungel der Zuständigkeiten und Termine kämpfen - sofern er überhaupt noch kann. Vielleicht bessert sich das künftig mit neuen elektronischen Dokumentationsmöglichkeiten. Insgesamt ist die Vernetzung zwischen den medizinischen Einrichtungen und damit die Zusammenarbeit zwischen den Fachdisziplinen nicht gut, zu Lasten der Betroffenen.

Im Moment kann ich Patienten nur raten: Versuchen Sie mitzudenken. Besorgen Sie sich alle Befunde und legen Sie sich einen Ordner an, damit nichts verloren geht. Und fragen Sie nach, fordern Sie Auskunft, lassen Sie sich nicht abwimmeln! Verlangen

Sie, dass Für und Wider ärztlicher Entscheidungen genau mit Ihnen und Ihren Angehörigen besprochen werden. Holen Sie sich ruhig auch eine zweite Meinung ein.

Der Praxisschock nach dem Studium

Frisch examinierte Medizinstudenten sind erst einmal reine Theoretiker. Im so genannten „praktischen Jahr" haben sie zwar den Krankenhausbetrieb kennen gelernt, aber meist nicht mit voller Wucht die ärztliche Verantwortung und Arbeitsbelastung zu spüren bekommen. Die Prüfungen fragen im „multiple choice"-Verfahren überwiegend auswendig Gelerntes ab. Diesem mit Theorie völlig überladenen Studium folgt die Praxisphase, in der plötzlich Fähigkeiten gefordert sind, die im Studium nicht vermittelt werden: Rationell arbeiten, Arztbriefe formulieren, gut organisieren können, einfühlsam mit Patienten und Angehörigen sprechen können, als Mittler zwischen vielen Berufsgruppen fungieren, die Hierarchie ertragen, übermächtige Klinikverwaltungen erdulden, Diagnosen verschlüsseln, Stress und Verantwortung bewältigen, eigene Fehler verkraften, den Tod von Patienten aushalten ...

Auch viele ärztliche Techniken muss man sich erst nach dem Studium in teuren Kursen mühsam aneignen. Besonders eklatant ist das in den chirurgischen Fächern, aber auch bei vielen internistischen Diagnosemethoden, ganz zu schweigen von Spezialtechniken wie Akupunktur oder Chirotherapie.
Das meiste lernt man erst nach dem Studium - traurig, aber von vielen Kollegen bestätigt. Die Universitäten taugen nur sehr bedingt zur Arztausbildung.

Auch ich musste mich erst langsam zum Arzt entwickeln:
In meiner ersten Stelle als Arzt muss ich wohl noch sehr jugendlich gewirkt haben. Ich untersuchte einmal eine Patientin, erhob die Anamnese, legte Diagnostik und Therapieplan fest und verordnete Medikamente. Als wir mit der Untersuchung und allen Erklärungen fertig waren, verabschiedete ich die Patientin. Unter der Tür fragte sie: „Und wann komme ich jetzt zum Arzt?"

Erdulden oder fordern?

Der Begriff „Patient" leitet sich vom lateinischen Ausdruck „patior" (dulden, erdulden) ab. Hier erkennt man die Erwartungshaltung der Ärzte an den Kranken: Er hat nicht nur die Krankheit zu erdulden, sondern auch, was mit ihm gemacht wird. Er soll quasi sein Selbstbestimmungsrecht aufgeben. Wer auf der „Kehrseite" steht, also die Behandlung erdulden soll, fügt sich in der Regel klaglos, denn wer getraut sich schon, im Medizinsystem selbstbewusst aufzutreten und nicht vorbehaltlos alles mitzumachen? Man könnte dadurch ja Nachteile haben, weil Ärzte, Pfleger und Therapeuten nicht gut auf einen zu sprechen sind.
Merkwürdig: Bis heute beobachte ich, dass Tumorpatienten bescheiden, angepasst, manchmal fast unterwürfig auftreten, wenn sie mit mir reden. Und sie sind sehr dankbar für jede Art von Hilfestellung und Ratschlag.
Patienten mit anderen Diagnosen, zum Beispiel chronischen Schmerzen, wirken dagegen nicht selten fordernd, unangemessen viel Zuwendung heischend, aber auch besserwisserisch, kritisch und unzufrieden - eine Folge jahrelanger Frustration durch erfolglose Therapieversuche - für den Arzt oft eine kommunikative Herausforderung.

Doch leider lehrt die Erfahrung: Bescheidene Patienten erhalten weniger Aufmerksamkeit - wer nichts verlangt, bekommt auch nichts.
Deshalb kann ich jedem Betroffenen nur raten, so selbstbewusst wie möglich aufzutreten. Man kann Forderungen ja auch höflich formulieren. Manchmal denke ich, es wäre gut, eine Art „Anwalt" oder „Fürsprecher" im Dschungel unseres Medizinsystems zu haben, dem System, dem wir, einmal aufgesogen, mehr oder weniger hilflos ausgeliefert sind, zumindest im Krankenhaus.

„Alternative" Krebs-Heilmittel: Sinnvolle Ergänzung oder ein Geschäft mit der Angst?

Jeder Tumorpatient wird früher oder später mit dem Markt der Möglichkeiten konfrontiert werden, den die sogenannte „Alternativmedizin" (als Gegenstück zur „Schulmedizin) oder die „Naturheilkunde" (als Gegenstück zur chemischen Medizin) oder die „Ganzheitsmedizin" (als Gegenstück zur Apparatemedizin) zu bieten haben. Das Ganze spielt sich irgendwie in einem Graubereich zwischen offizieller Lehrbuchmedizin, pragmatischer Hausarztmedizin, Sanatoriums- und Heilpraktikerwesen ab.

Die bekannteste dieser Methoden ist die Misteltherapie.
Hierzu gibt es eine sehr bezeichnende Anekdote, die auch ein Licht auf das Rollenverhalten zwischen Arzt und Patient wirft: Ein bekannter Klinikleiter, Professor für Strahlentherapie, erzählt auf Kongressen gerne die Geschichte, wie er im Aufzug seiner Klinik einen Krebspatienten dabei „erwischt" hat, als dieser sich von seiner Frau heimlich eine Mistelspritze geben ließ!
Auf diese Geschichte hin lachen die Kongressteilnehmer für gewöhnlich. Ich finde die Geschichte eher traurig, andererseits aber auch sehr aufschlussreich.
Erstens: Was für ein Vertrauensverhältnis mag hier zwischen Arzt und Patient bestehen, wenn solche Dinge heimlich geschehen müssen? Wovor hat der Patient Angst? Etwa vor seinem Arzt?
Zweitens: Offensichtlich besteht ein Kommunikationsproblem zwischen offizieller Medizin und der weit verbreiteten „Alternativheilkunde".

Leidtragende sind Betroffene, die sich nicht nur mit einer ängstigenden Diagnose und eingreifenden Therapien, sondern auch mit einer Vielzahl von Verunsicherungen herumschlagen müssen.

Denn woher soll der Laie wissen, was letztlich für ihn gut ist? In jeder Illustrierten ist von neuen Wundermitteln gegen Krebs zu lesen, von allen Seiten gibt es gute Ratschläge, das geht von Maria Trebens Kräutermedizin über Erdstrahlen bis zu Geistheilern. Das Internet ist voll von Heilsangeboten und entsprechenden Bestellmöglichkeiten. Man schätzt, dass sich über 500 Verfahren auf dem grauen Markt der Alternativmedizin tummeln, von denen aber nur die wenigsten jemals in Studien überprüft wurden! Hier tut Orientierung Not.

Nach meiner Erfahrung greift etwa die Hälfte aller Tumorpatienten zu irgend einer „alternativen" Methode. Dafür gibt es hauptsächlich zwei Gründe: Die Angst, etwas zu versäumen, was vielleicht doch hilft und der Wunsch, einen eigenen Beitrag zur Krebsheilung zu leisten.

Eine Besonderheit in unserem Gesundheitssystem ist das sogenannte Heilpraktikerwesen. Heilpraktiker sind Menschen, die - meist in Abend- oder Wochenendkursen - eine private Heilpraktikerschule absolviert haben und dort innerhalb kürzester Zeit Heilmethoden erlernen, von denen sie dann selbst sehr überzeugt sind.
Heilpraktiker kann jeder werden, dazu braucht man kein Abitur, man muss die Schule aber selbst bezahlen. Eine staatliche Qualifikationsprüfung gibt es nicht. Bei der staatlichen Heilpraktikerprüfung werden ironischerweise nur Krankheitsbilder abgefragt, die Heilpraktiker nicht behandeln dürfe - im Wesentlichen Infektionskrankheiten.

So tummeln sich auf dem Markt Tausende von Naturheilkundlern, Esoterikern, Alternativmedizinern und Heilpraktikern und jeder ist davon überzeugt, die besten Methoden parat zu haben. Diese Selbstüberzeugung ist manchmal grotesk übersteigert, so dass absurde Heilungsversprechen gemacht werden. Und finanziell wird kräftig zugelangt, denn gesetzliche Kassen bezahlen keine Alternativmethoden, so dass munter privat kassiert werden kann.

Allerdings muss ich zugeben, dass auch Heilpraktiker Erfolge haben. Warum? Weil sie sich Zeit nehmen für den Patienten, ihm zuhören. Schon das allein wirkt. Allerdings kostet diese Zeit auch Geld. Und die Selbst-Überzeugtheit überträgt sich manchmal auf den Patienten. Wenn der Heiler fest an seine eigene Methode glaubt, kann allein schon diese Grundüberzeugung auf den Patienten überspringen.

Manche haben auch eine Naturbegabung, heilsame Impulse beim Gegenüber zu setzen. Diese echten „Heiler" können offensichtlich Selbstheilungskräfte beim Betroffenen aktivieren. Eine hohe Suggestivkraft muss auf die Bereitschaft zum Glauben treffen - dann sind sogar „Wunderheilungen" möglich, dies aber nur sehr selten. Dennoch gibt es Wunderheilungen oder zumindest überraschend gute Verläufe, die man so nicht erwartet hätte. Woher schöpfen diese Menschen die heil machenden Kräfte?

Auch ich selbst habe verschiedene Ärzte aus der „alternativen" oder „biologischen" Szene aufgesucht, allerdings mit höchst unterschiedlichen Eindrücken. Ich erinnere mich daran, wie fanatisch diese Leute ihre Auffassung von Therapie an den Mann bzw. die Frau zu bringen versuchten - wiederum für gutes Geld. Andere wiederum hatten ein vernünftiges, nachvollziehbares Konzept und konnten einem tatsächlich neuen Lebensmut geben.

Einer der Pioniere der „alternativen Krebsheilkunde" war Josef Issels. Ich habe 1985 einige Wochen in seiner Praxis am Tegernsee hospitiert und erlebte dort, wie allein die Tatsache, dass ein neuer Behandlungsversuch unternommen wurde, neue Hoffnung keimen ließ. Allerdings führte Issels, der ja schon in den siebziger Jahren mit Gerichtsprozessen überzogen worden war, auch ziemlich heftige Methoden durch, wie zum Beispiel Fieberstöße, die die Menschen sehr mitnahmen. Viele sahen in Issels den allerletzten Strohhalm. Sie kamen bereits in sehr schlechtem Zustand an und bei diesen Menschen war natürlich mit all den Ozon-Mistel- Frischzellen-Vitamin- Fieber- Therapien keine Heilung mehr möglich. Aber positive Effekte auf die Lebensqualität konnte ich beobachten. Waren es die Methoden selbst oder war es der Glaube daran, der den Leuten mehr Kraft gab? Das ist eigentlich nicht so wichtig - Hauptsache, es half.

Es gibt aber einen erheblichen Unterschied zwischen der Absicht, mit sanften Methoden Hoffnung zu erhalten und die Lebensqualität zu verbessern und auf der anderen Seite einer Geldmacherei mit überzogenen Heilsversprechungen durch „Alternativmedizin".
Denn echte Alternativen gibt es nicht, nur hilfreiche Ergänzungen.
Mir persönlich hat nun einmal die Chemotherapie geholfen.

Welchen Stellenwert haben nun all die Methoden?

Viele „Spezialisten" machen es sich leicht, indem sie für alle Tumorformen alternativheilkundliche Standardprogramme propagieren. Dort bekommt jeder Betroffene einen stets ähnlichen Mix aus Mistel, Thymus, Peptiden, Enzymen, Vitaminen, Spurenelementen. Die Auswahl hängt weniger davon ab, was für einen Fall man vor sich hat, als davon, welche Methode man zufällig in Kursen kennen gelernt hat oder welche Spezialgeräte man sich in der Praxis oder Klinik angeschafft hat, die sich natürlich rentieren müssen (zum Beispiel Ozongeräte, Hyperthermie, Kolon-Hydrotherapie usw.)
Es kann aber doch nicht sein, dass jeder Tumorpatient ein ähnliches Therapieschema braucht. Viel zu unterschiedlich sind doch

das biologische Verhalten der verschiedenen Tumorformen, die Stadien, die Therpieverträglichkeiten, die eigenen Kraftreserven. Und der gesunde Menschenverstand sagt einem doch auch, dass die Regel „viel hilft viel" hier nicht gilt.

Auch die Vorstellung, man müsse sein Immunsystem permanent stimulieren, um gegen Krebs gefeit zu sein, ist allzu einfach.

Manchmal setze ich eine spezielle Immundiagnostik ein, um zu prüfen, ob durch Chemotherapie oder Bestrahlung noch Immunverschiebungen bestehen. Die Interpretation dieser speziellen Blutuntersuchung muss jedoch vorsichtig gehandhabt werden, denn irgendwelche prognostischen Schlüsse lassen sich daraus nicht ziehen. Oft aber kann man dann die Menschen beruhigen: Bei normalisierter Immunlage entfällt ein Grund für eine aufwändige und teure Zusatztherapie.

Je nach individueller Konstellation setze ich aber durchaus komplementäre Methoden ein. Grundsatz ist, ein individuelles, auf den Einzelfall zugeschnittenes Konzept zu erstellen, das auf keinen Fall sehr viel Geld kosten darf. Der Schutz vor Scharlatanen und Abzockern gehört auch zu den ärztlichen Aufgaben. Streng „schulmedizinisch" orientierte Ärzte machen es sich zu leicht. Sie stellen sich auf den Standpunkt, was nicht in Studien bewiesen sei, helfe auch nicht. Diese Ärzte übersehen, wie viele Betroffene zu diesen Methoden greifen und dies immer noch der „offiziellen Medizin" verschweigen. Und die vielen positiven Einzelfallerfahrungen sprechen ebenfalls eine andere Sprache. Man kann hier einwenden, dies seien nur Placeboeffekte, der Glaube an eine Wirkung, der helfe. Das ist doch schön, wenn der Glaube heilt, oder?

Wichtig ist, dass das Vertrauen zwischen Therapeut und Patient tragfähig ist. Man spricht auch von der „heilsamen Beziehung": Welche Menschen tun mir gut, wer kann meine Kraftreserven mobilisieren?

Einige Beispiele für den aus meiner Sicht sinnvollen Einsatz komplementärer Methoden:

- Während Chemo- oder Strahlentherapie kann eine Begleitbehandlung die Nebenwirkungen mildern, die allgemeine Vitalität, Appetit, Unternehmungslust und Stimmung werden besser.
- Das sogenannte „Fatigue-Syndrom", eine hartnäckige bleierne Müdigkeit nach eingreifenden Therapien, kann sich unter einer sanften Kombinationstherapie z.b. mit Mistel, Mineralstoffen und Vitaminen rascher bessern.
- Bei speziellen Komplikationen wie z.b. Wundheilungsstörungen oder Strahlenreaktionen können Enzyme, Selen oder Zink hilfreich sein.
- Auch bei höhergradigen Tumorstadien halte ich es für legitim, individuell ausgewählte Methoden einzusetzen. Dies wäre z.b. bei stark betroffenen regionalen Lymphknoten bei Brust- oder Darmkrebs der Fall, bei großen Tumoren, die nicht mit sauberem Schnittrand operiert werden konnten.
- Ähnlich sehe ich es bei schon vorhandenen Metastasen. Zielrichtung ist auch hier einerseits die Lebensqualität, und hierzu gibt es durchaus ermutigende Studien zur Misteltherapie. Andererseits ist sicherlich der Wunsch, den Körper in die bestmögliche Reaktionslage zu versetzen, nachvollziehbar.

Viele dieser Methoden sind allerdings nicht schon allein deshalb unschädlich, weil sie aus dem Bereich der Naturheilverfahren kommen. Man kann damit auch schaden. Deshalb ist eine individuelle Prüfung, Planung und Überwachung nötig. Richtig angewandt, gibt es segensreiche Effekte z.B. auf Unternehmensgeist, Zuversicht und Lebenslust, das habe ich oft schon beobachtet.

Ein individuelles Konzept zu erstellen, braucht Erfahrung und Zeit, denn zu einem solchen Konzept gehört nicht nur, komplementäre Heilmethoden zu empfehlen, sondern die Therapie auch zu überwachen und immer neu anzupassen. Außerdem gehört eine Überprüfung der offiziellen onkologischen Strategie dazu. Manchmal ist quasi eine „ganzheitliche Zweitmeinung" wichtig, die einem die Situation nochmals darlegt, und zwar möglichst ohne Verteufelung der einen oder anderen Methode. Das alles ist nicht kostenlos zu haben, darf aber niemanden finanziell überfordern. Das Thema „Kostenerstattung" durch Krankenkassen wäre interessant, würde den Rahmen dieses Buches aber sprengen.

Vielen Patienten kann ich allerdings guten Gewissens sagen: „Ihre Tumorerkrankung hatte ein kleines Stadium, ist gut operiert und hat damit eine gute Prognose. Hinweise auf bleibende Immundefekte gibt es nicht. Es geht Ihnen seelisch und körperlich bereits zusehends besser. Es genügt, eine positive Grundeinstellung zu pflegen, sich gut zu ernähren und sein Leben bestmöglich zu genießen. Zusätzliche Heilverfahren haben hier keinen Zusatzeffekt, also kann ich Sie entlasten."

Diese Entlastung ist dann glaubhaft, wenn man sich als Therapeut mit den Methoden befasst hat und eine individuelle Einschätzung vornimmt. Für sehr schlimm halte ich den psychischen Druck, der entsteht, wenn man von vielen Seiten von allerlei Methoden hört und am Schluss völlig verunsichert ist, was man nun glauben und tun soll. Prototyp hierfür ist die TV-Sendung „Fliege", wo immer wieder angeblich verkannte Heiler von wunderbaren Erfolgen berichten. Dadurch entsteht ein enormer Druck auf Erkrankte und ihre Angehörigen: Versäumen wir etwas, wenn wir das nicht machen? Hier hilft nur Orientierung durch vertrauenswürdige Berater. Einen solchen zu finden, das wünsche ich jedem Betroffenen.

Wunderheilungen?

Man darf auch an Wunder glauben. Eine junge Patientin mit einem metastasiertem Brustkrebs war zur Erholung bei uns, die Prognose war schlecht. Solche Fälle sind bedrückend, vor allem, wenn auch noch kleine Kinder da sind wie in diesem Fall. Ich führte einige Gespräche mit ihr, sie erholte sich und ging zurück in die Uniklinik, um sich weiter behandeln zu lassen. Ein Jahr später kam sie wieder zu uns, unter Hormon- und Antikörpertherapie und ohne Tumornachweis. Ein hoffnungsvoller, überraschend positiver Verlauf. Und diese Frau erzählte: „Sie haben mir im letzten Jahr gesagt, man darf auch an Wunder glauben. Das habe ich gemacht und dieser Glaube hat mich bei der Stange gehalten!" Was hat geholfen? Die Antikörper? Die Hormone? Die Hoffnung? Alles zusammen?

Wunder sind selten, aber sie geschehen. Man darf daran glauben und immer hoffen.
Und wenn jemand tatsächlich einen Heiler gefunden hat, dem sie oder er vertraut, ist es ein Fehler, als „schulmedizinischer" Arzt diesen Heiler schlecht zu machen, denn dadurch kann man eine letzte Hoffnung und damit den letzten Lebensfaden zerstören.

Jeder muss sterben - aber bis dahin leben!

Wenn ich meine alten Tagebuchzeilen aus der Zeit kurz vor der Diagnosestellung und vor den Operationen lese, spüre ich die Todesangst wieder: Soll jetzt alles vorbei sein? Alle Ideen und Träume vorbei, bevor sie Wirklichkeit werden konnten?

Ich habe kein Patentrezept, wie man am besten mit der Angst vor dem Tod umgeht. Dass in unserer Alltagskultur Sterben und Totsein weitgehend ausgeklammert werden, macht es auch nicht leichter.
„Es gibt ein Leben vor dem Tod" - Diesen Spruch habe ich irgendwo aufgeschnappt. Er klingt zunächst etwas makaber, enthält aber ganz wichtige Botschaften für Kranke wie für (noch) Gesunde: In der Gegenwart leben. Das heißt, sein Leben oder besser gesagt seinen Lebensgenuss nicht auf kommende Zeiten zu verschieben. Das heißt aber auch, sich vor diesen kommenden Zeiten nicht so sehr zu fürchten, dass einem das momentane Leben verleidet wird. Genauso wenig sollte man der Vergangenheit nachhängen, erlittenen Kummer immer wieder aufwärmen oder verpassten Gelegenheiten nachtrauern.

Nichts im Leben ist so sicher wie der Tod. Ist der Spruch vom „Leben vor dem Tod" nicht auch tröstlich? Denn das aktuelle Leben ist real, wir können es ausgestalten und auskosten. Die berühmten philosophischen Fragen nach dem „Woher" und „Wohin" mögen interessant sein – wer darüber aber zu viel nachgrübelt, könnte das „Dazwischen" versäumen und das wäre doch schade.

Manche suchen Trost in der Hoffnung auf ein besseres Leben nach dem Tode. Hierfür gibt es zwar keine Garantie, der Glaube daran kann aber auch hilfreich sein, wie überhaupt die spirituelle Ebene zur Lebens- und Krankheitsbewältigung gehört. Der Glaube an ein Weiterleben sollte uns aber nicht davon abhalten, unser Leben im Diesseits so gut wie möglich zu gestalten. Mit gutem Leben meine ich nicht ein Leben in Saus und Braus, im Konsum oberflächlicher Genüsse. Ich meine ein Leben im Bewusstsein der Kostbarkeit des Augenblicks, ein Leben mit intensiven menschlichen Begegnungen, vielleicht Freundschaft, vielleicht Liebe.

Vom Leben nach dem Tod wissen wir nichts - unser Dasein vorher aber ist uns sicher. Gestalten wir es so, wie es jedem Einzelnen am besten entspricht.
Gönnen wir uns doch ein Stückchen Paradies schon hier auf Erden - warum eigentlich nicht?

Es sind schöne Augenblicke, wenn ich bemerke, dass Patienten diese Entwicklung durchmachen: Weg von der Bitterkeit und Resignation hin zur Fähigkeit, jeden Tag dankbar anzunehmen, sich neu freuen zu lernen und, genauso wichtig, unnötigen Ballast abzuwerfen. Wenn dann die Äußerung kommt: „Seit ich krank war, habe ich mir ganz neue Lebensschwerpunkte gesucht und lebe besser als zuvor. Ich muss der Krankheit beinahe dankbar sein!", so ist das ein Beispiel guter Krankheitsbewältigung. Das Ummünzen einer Krebserkrankung vom sinnlos zerstörerischen Schicksalsschlag hin zum Impuls, um wieder leben zu lernen, wird von vielen erfolgreich vollzogen. Das zu erreichen ist eine der Aufgaben in der Tumornachsorge.

Und ich selbst? Bin ich so ein Musterpatient?

Heute leben - Ich gebe zu, dass ich diese Regel noch immer nicht konsequent befolge; das alte Übel, den Genuss des Daseins auf die Zukunft zu verschieben, befällt mich in der Alltagshektik immer wieder. Ich lebe aber heute trotz aller Narben und unguter Erinnerungen und trotz gelegentlicher Unbehaglichkeiten und Alltagsärger besser denn je.

Und irgendwann möchte ich persönlich lieber in Geborgenheit, in der Nähe vertrauter Menschen, sterben, als dass ich als Opfer der Technik in menschenfeindlicher Umgebung mein Leben noch etwas verlängern lasse, ohne wirklichen Gewinn davon zu haben.
Aber schmerzfrei und frei von Atemnot, Angst, Hunger oder Durst möchte ich schon sein. Frühzeitig reif werden zum Tode und deshalb umso besser leben! Eigentlich wäre das doch die Hauptaufgabe der Ärzte: zu zeigen, wie man richtig lebt (und stirbt). Und warum tun wir das nicht?

Angst

Wer nach einer Krebserkrankung keine Angstgefühle hätte, wäre irgendwie gestört. Die Angst ist nämlich eine normale Reaktion auf die massive Bedrohung durch die Krankheit. Angst zu haben ist also normal, aber die Angst muss beherrschbar bleiben, damit sie nicht in Panik ausartet.

Leider gibt es kein Patentrezept gegen die Angst. Aus meiner eigenen Erfahrung kann ich aber einige Hinweise geben.

Basis für den Umgang mit der Angst ist, dass man sie überhaupt als solche erkennt und einzuordnen lernt. Manchmal äußert sie sich als unangenehmes Gefühl, manchmal auch rein körperlich mit Herzrasen, Magendrücken, Schwitzen, Zittern oder Schlafstörungen.

Angst hat ihren berechtigten Platz im Leben, sie bewahrt uns oft vor Unbesonnenheiten, aber sie darf nicht in Panik, in unkontrollierbare seelische Zustände ausarten. Es kann helfen, die Angst als bekanntes, normales Gefühl anzusprechen und ihr einen angemessenen Raum zuzuweisen. Ein Patient berichtete mir: „Wenn ich die Angst fühle, sage ich ‚hallo' zu ihr, denn sie erinnert mich daran, wie kostbar das Leben ist. Dann stelle ich mir vor, ich packe die Angst in einen Sack und stelle ihn in die Abstellkammer. Dort bleibt er bis morgen."

Bei krisenhafter Angst kann man ruhig auch einmal zu pharmazeutischen Angstlösern greifen - sie wirken scheinbar wahre Wunder, man wird ruhiger, gleichmütiger, vordergründig gelassener. Sie sind aber keine Dauerlösung. Manche führen zur körperlichen Abhängigkeit, wenn man sie täglich nimmt, allerdings ist das kein größeres Problem. Immerhin nehmen sie uns den akuten Leidensdruck - das kann wichtig sein, um überhaupt klare Gedanken fassen zu können. Die Mittel helfen aber wenig bei der langfristigen Krankheits- und Schicksalsbewältigung.

Das bloße Verdrängen von Angst ist zwar legitim, funktioniert aber oft nicht ausreichend und die Gefahr besteht, dass unbewusst gesteuerte Angstsymptome hochkommen.

Religiös fest Gläubige oder philosophisch Gereifte kommen mit der Angst oft besser zurecht. Es scheint sich zu lohnen, sich rechtzeitig ein geistig-spirituelles Fundament zu errichten und seine eigene Einstellung zum ewigen Kreislauf der Entstehens und Vergehens auf der Erde zu finden. Das macht gelassener, weil es die irdischen Dinge relativiert.

Oft ist es gar nicht die Angst vor dem Tod, sondern vor Schmerzen, Siechtum und Abhängigkeit, vor dem Verlust von Menschenwürde durch die Krankheitsfolgen. Oder es ist eher die Angst davor, allein gelassen zu werden, letztlich die Angst vor dem einsamen Sterben. Diese Angst könnten wir dämpfen, wenn wir in unserer Gesellschaft bessere Strukturen zur Betreuung Sterbender hätten und der Sterbeprozess als Teil des Lebens menschenwürdig gestaltbar begriffen würde. Hier leistet die Hospizbewegung kostbarste Arbeit.

Unabhängig von der individuellen Ausprägung der Angst - eines ist sicher: Am hilfreichsten ist menschliche Nähe, das Gespräch mit Angehörigen, Therapeuten oder Seelsorgern. Aus Büchern lernt man den Umgang mit der Angst nicht.

Über das Schweigen

Meine damaligen Aufzeichnungen enden mit der Klage darüber, dass in den Krankenhäusern ein belastendes Schweigen herrschte. Ich bin mir nicht sicher, ob das auch von anderen Patienten so empfunden wird. Zeitmangel und Unsicherheit im Umgang mit der Diagnose Krebs sind aber immer noch Realität im Krankenhaus.

Die Sprachlosigkeit von diagnostischem Personal, Pflegepersonal und Ärzten war belastend, weil ich nicht wusste, ob ich selbst an diesem Schweigen schuld war. Dabei war die Atmosphäre am Kreiskrankenhaus noch viel menschlicher als später an der Heidelberger Universitätsklinik.

Es gab aber auch Beispiele, wie durch ein paar nette Worte selbst peinliche Situationen in eher angenehmer Erinnerung bleiben: Zum Beispiel die offene und durchaus bedauernde Art des Pflegers, der mich vor der Operation im Intimbereich rasieren musste. Oder die fröhliche Art einer Nachtschwester, die jeden Abend mit mir sprach, oft nur kurz und belanglos, aber so, dass ich mich schon drauf freute. Demgegenüber hatten ihre Kolleginnen vom Tagdienst scheinbar ein Schweigegelübde abgelegt und reagierten selbst auf Ansprache nur mit Brummen oder kurz dahingeworfenen Halbsätzen. Jene Nachtschwester aber nahm selbst der Situation die Peinlichkeit, als ich während der Chemotherapie meine Urinflasche aus Versehen verschüttet hatte. Gelassen meinte sie nur: „Kein Problem" und unterhielt sich nach dem Putzen über etwas ganz anderes mit mir. Das habe ich jetzt fast zwanzig Jahre lang als wohltuend behalten!

Krebs muss gesellschaftsfähig werden!

Der betretene Blick beiseite oder das Schweigen, wenn man sich als Tumorpatient „outet" ist auch heute noch eine übliche Umgebungsreaktion. Klar, was soll man auch schnell sagen bei so einer bedrückenden Mitteilung?
Insgeheim denkt doch jeder: „Wenn ich bloß keinen Krebs kriege!" Und unbewusst vielleicht: „Wenn man darüber redet, beschwört man den Krebs herauf". Die Tabuisierung von Tumorerkrankungen ist ein Phänomen, das einmal genauer untersucht gehört. Was macht eigentlich Krebs so unheimlich, so bedrohlich und so viel furchterregender als andere Erkrankungen?
Die Assoziation mit würdelosem Leiden, Schmerz und Tod. Schon die Bezeichnung „Krebs" für ein so heterogenes Feld von Krankheiten ist eigentlich eine Schande und belastet allein schon als Wort diejenigen, die gezwungen sind, den Begriff „Krebs" auf sich selbst zu beziehen. Warum nur hat man dieses „hässliche" Tier als Pate für eine Krankheit gewählt? Sprache ist manchmal unsensibel und brutal.
Eine Entzauberung, eine Enttabuisierung würde diesem Begriff vielleicht einen Teil des Schreckens nehmen.

Dann kommt noch dazu, dass viele Therapiefolgen einen weiteren Tabubereich betreffen:
Nach Prostata- oder Blasenoperationen kann man inkontinent sein und verliert unkontrolliert Urin. Nach Operationen am Enddarm kann es sogar zur Stuhlinkontinenz kommen. Erwachsene Menschen werden quasi in den Kleinkind-Status zurückversetzt und müssen Windeln tragen. Ein Grund für Scham?
Auch künstliche Darmausgänge sind manchmal für die Umgebung gewöhnungsbedürftig - soll man darüber besser schweigen?

Sexuelle Störungen durch Brustoperationen, Unterleibsoperationen oder Hormontherapien sind sehr häufig: Wer kann offen darüber reden? Immerhin gibt es Hoffnungsstreifen am Horizont: Eine Fotoausstellung mit dem Thema „Brustkrebs und Erotik" in unserer Klinik fand unglaublich großen Anklang. In unserer Selbsthilfegruppe für Männer sind Sexualität und Partnerschaft keine Themen für die üblichen Männerwitze mehr, sondern können ohne größere Peinlichkeiten in der Gruppe besprochen werden. Das wäre noch vor wenigen Jahren unvorstellbar gewesen, besonders, was die Männer in ihrer persönlichen Betroffenheit angeht.

Wäre Krebs gesellschaftsfähig, dann ...

... wäre die Angst kleiner
... bräuchte sich niemand wegen Krankheitsfolgen zu schämen
... wäre die Aura des Unheimlichen weg
... hätten obskure Heilsapostel weniger Gelegenheit, ihr Geschäft
    mit der Angst zu machen
... wäre das Gefühl des Ausgeliefertseins geringer

Arbeiten wir also weiter an der „Normalisierung" unseres Verhältnisses zum Krebs!

Schuld und Strafe?

Krebserkrankungen sind häufig und gehören zum normalen Repertoire an Schlägen, die das Schicksal für uns bereithält. Die Diagnosestellung wird aber oft als furchtbare Katastrophe empfunden, als extreme Krise, als Strafe Gottes gar.

Auch ich habe es so erlebt: Der furchtbaren Ungewissheit folgte das lähmende Entsetzen und nur mit Mühe konnte ich wieder klare Gedanken fassen. Das war nach der Primärdiagnose, aber erst recht nach der Rezidivdiagnose so.

Rasch stellen sich Gedanken ein wie: Was habe ich falsch gemacht? Bin ich schuld an meinem Krebs? Habe ich falsch gelebt, falsch gegessen, den falschen Beruf? Fragen, auf die es keine Antwort gibt. Ich nenne sie manchmal die „verbotenen Fragen", denn sie führen zu unnötigen Selbstvorwürfen und man kann doch nichts rückgängig machen. Solche Gedanken tun uns gar nicht gut, dabei wäre es doch so wichtig, die guten und hilfreichen Gedanken zu pflegen. Das kann man sogar ganz bewusst üben.

Für genauso schädlich halte ich die Vorstellung, Gott oder das Schicksal würde uns für unsere Sünden oder unser Fehlverhalten mit Krebs bestrafen. Das Gottesbild vom bärtigen Mann, der irdische Strafen wie Blitze vom Himmel herab sendet, ist doch sehr naiv und von Zeus- oder Thor-Bildern, also eigentlich überwundenen Göttervorstellungen geprägt.

Schuld und Strafe sind keine Kategorien, die in der Krankheitsbewältigung einen Platz hätten. Niemand ist „selbst schuld" an seinem Krebs.

Fast noch perfider ist die Suggestion von der „Krebspersönlichkeit", die immer wieder in Schriften und Vorträgen erwähnt wird. Leute, die sich für psychologisch versiert halten, stellen Krebspatienten oft als weichherzige „Gutmenschen" dar, die die Neigung haben, sich für andere aufzuopfern, sich nicht abgrenzen können, und das schon ihr ganzes Leben lang. Diese Suggestion ist Unfug und sie schadet uns, denn sie verstärkt das Gefühl, falsch gelebt zu haben. Dabei ist das „Sich abgrenzen", das „Nein-sagen" in unserer Gesellschaft schon allzu sehr verbreitet. Wir brauchen auch „Nicht-nein-Sager", die mehr für andere tun als sie unbedingt müssen. Und vom Einsatz für andere bekommt man keinen Krebs.

Selbstquälerische, in die Vergangenheit gerichtete, an eigenen Fehlern und Versäumnissen orientierte Gedanken helfen der Krankheitsverarbeitung nicht. Sicherlich ist eine schwere Erkrankung ein Signal, Störendes zu erkennen und so klein wie möglich zu halten, um besser zu leben, aber unsere Wahrnehmung sollte sich nicht ausschließlich auf das Negative im Leben richten. Nach Krebserkrankungen darf man sich im Gegenteil für stärkende Impulse, für gute Gedanken öffnen, nach Kraftquellen suchen, die um uns oder in uns auf ihre Erschließung warten:

Nach Krebs: Alles anders machen?

Soll man sein Leben nach einer Tumorerkrankung ändern oder nicht?
Es heißt immer, man solle die Tumorerkrankung als „Signal"
nehmen, um jetzt endlich im Leben die Schwerpunkte zu setzen,
auf die es einem wirklich ankommt und Unwichtiges, Belastendes
abschütteln.

Viele allerdings haben erst einmal keine Idee, was sie nach der
Krebserkrankung als neuen Schwerpunkt sehen sollten. Sie sind
mit ihrem bisherigen Leben ganz zufrieden. Manche „Psychoon-
kologen" setzen Tumorpatienten mit der Forderung regelrecht
unter Druck, jetzt anders zu leben als zuvor, das bisherige Leben
in Frage zu stellen. Das mag zwar wohlgemeint sein, fördert aber
manchmal die schädliche Auffassung, man habe seine Tumorerkrankung durch eine verkehrte Lebensweise verursacht.
Wer also mit seinem bisherigen Leben zufrieden war, mit sich
und seiner Umgebung in Einklang stand, der sollte nichts ändern,
sondern so weiter leben, wie es ihm bisher auch gefallen hat.

Man muss meiner Meinung nach nicht gleich sein ganzes Leben
umkrempeln, weil man Krebs gehabt hat. Aber so eine schwere
Erkrankung kann schon einmal der Anlass sein, zu überprüfen,
ob man wirklich so lebt, wie man es sich wünscht: Ist mir das neue
Auto wirklich so wichtig oder stecke ich das Geld lieber in eine
schöne Reise mit meinem Partner, meiner Partnerin? Ist meine
Machtposition im Beruf wirklich all die Kämpfe wert oder lebe
ich lieber gelassener und löse mich vom üblichen Karrierezwang?
Was schiebe ich schon lange vor mir her, was wünsche ich mir
und warum verwirkliche ich es nicht?
Solche Überlegungen kann man ruhig einmal anstellen - manchmal kommt dabei Überraschendes heraus.

Einige persönliche Ideen zum „guten Leben" habe ich zum Schluss noch aufgeschrieben - wobei ich zugebe, dass es mir nicht gelingt, all das für mich selbst auch zu verwirklichen. Immer wieder werde ich von den vermeintlich unausweichlichen Zwängen des Alltags aufgesogen. Aber ab und zu kommen sie, die Glücksmomente, das Auskosten des Augenblicks, das bewusste Leben im Jetzt. Was kann dazu verhelfen?

Menschliche Begegnung und Freundschaft

Einsamkeit ist oft Begleiter von Alter und Krankheit. Der Mensch ist kein Einzelgänger, er braucht soziale Impulse. Begegnung mit anderen belebt, besonders wenn es angenehme Begegnungen sind. Selbst kontroverse Begegnungen können anregend sein.

Krankheiten sollten nicht zu sozialem Rückzug führen. Sicher hat man, wenn man krank ist, manchmal den Impuls, sich in einer Ecke zu verkriechen und in Ruhe gelassen zu werden. Auf Dauer ist dies jedoch keine gute Strategie.

Es ist nie zu spät für neue Bekanntschaften und Freundschaften oder auch für das Auffrischen alter Beziehungen! Das geht aber nicht von selbst. Wir müssen selber den Schritt auf den anderen zu machen - manchmal wartet dieser geradezu darauf, manchmal wird man auch abgewiesen werden. Einen Versuch kann man schließlich immer wagen.

Musik

Dass Menschen Musik wahrnehmen und erschaffen können, ist für sich genommen schon ein Wunder. Musik spricht fast jeden an und hat unweigerlich Effekte, und zwar körperliche wie seelische. Musik kann anrühren und traurig machen, aber auch Fröhlichkeit verbreiten. Musik kann beruhigen und aufregen, sogar erotisieren. Melodien wecken Erinnerungen, Rhythmen verführen zum Tanzen, Akkorde bewirken harmonische Entspannung. Ein Jammer, dass Musik nicht viel stärker therapeutisch eingesetzt wird.

Singen kann zum Beispiel jeder - aber wer tut es noch?

Ich habe jedenfalls den Plan, in unserer Klinik Singen und Musik als Angebot einzuführen, auch wenn es von den Kassen nicht bezahlt wird - und manchmal singe ich selbst für und mit Patienten.

Kunst und Kreativität

Mit Grausen erinnere ich mich an meine ersten Jahre Kunstunterricht auf dem Gymnasium: Freudloses Zeichnen langweiliger Themen („Mein schönstes Ferienerlebnis") mit schlechtem Material und ohne Inspiration.

Dabei malen Kinder so gerne. Es kommt dabei nicht darauf an, ob das Bild naturgetreu oder besonders schön ist. Wichtig ist, dass man sich über Farben und Formen, hell und dunkel Ausdruck verschaffen kann, manchmal besser als mit Worten. Wie oft sträuben sich Patienten in unserer Klinik, wenn wir ihnen vorschlagen, zu malen, zu töpfern oder Collagen zu machen. Aber wenn sie einmal begonnen haben, vergessen sie Zeit und Raum - manche wollen gar nicht mehr aufhören. Es geht dabei nicht um das Ergebnis, sondern um das Erlebnis. Und so mancher konnte durch die künstlerische Betätigung endlich locker lassen, aus sich herausgehen (welch vielsagende Redewendung!) und sich heilsamen Impulsen öffnen.

Licht

Dunkelheit begünstigt Angst und Depression. Viele Menschen fühlen im Herbst und Winter, dass es ihnen nicht so gut geht. Instinktiv feiert man im dunkelsten Monat Weihnachten mit vielen Lichtern, die die Heiterkeit des Sommers aber nicht ersetzen können. Was tun? Der Sonne nachwandern und in fernen Ländern überwintern? Manche versuchen das zu imitieren, indem sie sich in Solarien brutzeln lassen. Es geht einfacher und weniger hautschädlich: Ein Spaziergang in der Wintersonne belebt sehr. Ein wahrer Renner in unserer Klinik sind die Lichttherapielampen. Und ich gestehe: Diese Zeilen habe ich im November auf Teneriffa geschrieben - mitten in Licht, Wind und Wärme ...

Natur

Im Kleinen wie im Großen hält die Natur Schönes für uns bereit. Man braucht keine gewaltige Bergkulisse oder atemberaubende See, um die Natur zu bewundern. Das bunte Glitzern des Rauhreifs in der Morgensonne, der Geschmack eines frisch gepflückten Apfels, ein lauer Sommerwind auf der Haut, die Ruhe einer Waldlichtung, die Hummel auf der Sonnenblume - jeder kann diese Aufzählung selber fortsetzen. Der Zauber liegt oft in den kleinen Dingen, die wir auf einfache Weise erleben können.

Wir sind verwoben mit der Natur, eingebettet in den Kreislauf von Entstehen und Vergehen, den sie uns vorgibt. Das hat viel Tröstliches. Nur mit unserer Wahrnehmungsfähigkeit ist es nicht mehr so weit her - weil unsere Sinne von der grellen Bilderflut des Fernsehens abgestumpft sind.

Sport

Die Faszination des Sports ist für Unsportliche vielleicht schwer verständlich. Doch kann aktive Bewegung, besonders wenn sie auch spielerisch ohne übertriebenen Ehrgeiz geschieht, viel Lebensgenuss bringen. Die Gruppen für „Sport nach Krebs" leisten hier Verdienstvolles.

Aber es gibt auch hier Extreme: Sport als Allheilmittel funktioniert nämlich nicht. Man kann dem Krebs nicht „davonlaufen", wie mancher Sportapostel meint. Und Lance Armstrong hat seinen Hodenkrebs eben nicht durch Sport und eisernen Willen besiegt, sondern genau wie ich durch die Chemotherapie. Es ist hoch problematisch, einem Tumorpatienten einen Tour-de-France-Sieger als Vorbild hinzustellen. Das erzeugt nur unnötig Druck, denn solche Extremleistungen kann kein normaler Mensch erbringen.

Sehr sympathisch erscheint mir die Idee des „Onko-Walkings": Ein angenehmes, gelenkschonendes Ausdauertraining mit gutem Gruppeneffekt, wenn man es gemeinsam betreibt.

Auch „passive" Sportfans finden im Sport Erfüllung - man braucht nur Fußballfans vor dem Fernseher zu beobachten: Das sind regelrechte Zustände der Entrücktheit. Diese Begeisterung gibt es auch bei anderen Sportarten. Allerdings muss sich nicht jeder von stupiden Autorennen oder brutalen Boxkämpfen im Fernsehen in den Bann ziehen lassen. Über die Ästhetik aufgeplatzter Oberlippen und Augenbrauen kann man streiten. Aber jedem das Seine – und jeder sollte selbst herausfinden, was für ihn wohltuend, faszinierend und belebend wirkt.

Erotik und Sexualität

Es gibt auch Lebensbereiche, die tabuisiert werden, obwohl sie schön und angenehm sind.

Sex und Erotik gehören zu fast jeder Liebesbeziehung. Warum wird bei uns der Akt der Liebe, aus dem ja etwas sehr positives, nämlich neues Leben, entspringen kann, derart in den Schmuddelbereich abgedrängt?

Über Sex zu reden gilt immer noch als unanständig. Andererseits gibt es Unmengen ein- und zweideutiger Witze - man nennt sie bezeichnender Weise auch „dreckige Witze".

Diese gesellschaftliche Verklemmtheit und Doppelmoral ist mit schuld daran, dass das Thema Sexualität in der Arzt-Patienten-Beziehung oft ausgeklammert wird, obwohl es für die individuelle Lebensqualität wichtig wäre, über sexuelle Einschränkungen zu reden, zum Beispiel nach Brust-, Unterleibs- oder Prostata -Operationen. Ich selbst rede mit Männern sehr direkt über diese Dinge und bin immer wieder erstaunt, wie unumwunden die Patienten ihr konkretes Interesse an Sexualpraktiken und Hilfsmitteln artikulieren. Meist kommt man dann rasch zu einem Konzept, wie Sexualität trotz Handicap gelebt werden kann. Bei Frauen bin ich mit solch direkten Methoden eher zurückhaltend, hier scheinen mir Gespräche von Frau zu Frau bzw. von Patientin zu Ärztin angebracht.

Ein offener, tabufreier und liebevoller Umgang mit dem Thema Sexualität scheint nach wie vor schwierig, ist aber erlernbar. Es kam schon vor, dass Paare nach einer Sexualberatung in unserer Klinik überhaupt erst entdeckten, wieviel Spaß und Genuss die Sexualität in die Beziehung bringen kann, wenn man das ein oder andere anders sieht und praktiziert als all die Jahre zuvor. Wenn Liebe im Spiel ist, gibt es immer Wege zur Befriedigung.

Humor und Lachen

Die Welt ist eigentlich so beschaffen, dass einem das Lachen vergehen müsste. Ungerechtigkeit, Hunger, Elend, Seuchen, Kriege - das meiste menschliche Leid wird von den Menschen selbst verursacht. Gier, Verblendung, Hass, Fanatismus. Skrupellose Drahtzieher missbrauchen ganze Völker. Krankheit ist nicht die größte Katastrophe, die einen Menschen heimsuchen kann.

Die Welt ist verwirrend. Es werden Kriege angezettelt, bei denen man gar nicht versteht, worum es eigentlich geht. Leidtragende sind oft Unschuldige.

Die Welt ist schlecht - da muss man doch in Trauer und Depression verfallen, oder?

Nein! Der Brutalität der Menschen und des Schicksals haben wir einiges entgegen zu setzen. Eine der besten Waffen ist der Humor. Es gibt das „entwaffnende Lachen" - glücklich, wer das kann. Wer das Lachen verlernt hat, sollte es wiederfinden. Es gibt in keiner Lebenssituation die Pflicht zum Verzicht auf Heiterkeit. Im Gegenteil: Um das Schlechte zu ertragen, sind wir geradezu verpflichtet, das Gleichgewicht mit dem Heiteren wieder herzustellen.

Wer Humor hat, kann auch über sich selbst lachen. Wer Humor hat, wird nie zum Fanatiker werden. Wer Humor hat, wird schmunzelnd über die Schwächen anderer hinweggehen - und über seine eigenen Fehler. Wer Humor hat, kann sich an der Komik des Augenblicks erheitern statt sich aufzuregen. Damit meine ich nicht, dass man sich über alles und jeden lustig machen soll. Damit meine ich auch nicht den Zynismus und die Schadenfreude, die in heutigen „Comedy-" Sendungen als Humor verkauft werden, in Wirklichkeit aber auf die Lust an der Entwürdigung anderer abzielt.

Nein, Menschen mit Humor haben Achtung vor anderen wie vor sich selbst - nur nehmen sie nicht alles unnötig ernst. Ein guter Humor zieht nichts ins Beschämende, sondern allenfalls ins wohlwollend Lächerliche. Humor ist die Weisheit, das Unabänderliche zu relativieren. Echter Humor ist zutiefst human.

Manche spötteln über mich, wenn ich wieder einmal vor Patienten als Clown und Jongleur auftrete, beim Klinikfasching eine Büttenrede als „Schwester Dorothee" halte oder meine Lieder als „Deutschlands singender Kurarzt" zum Besten gebe. Abgesehen davon, dass es mir selbst ungeheuer Spaß macht, habe ich das Gefühl, den Menschen zu einem befreienden Lachen zu verhelfen - manche sind erstaunt, dass sie überhaupt noch lachen können, nach all dem, was sie durchgemacht haben. Die Krankheitsbewältigung fällt leichter mit Humor.
Es gibt inzwischen hauptberufliche Klinikclowns und auch die so genannte Lachtherapie ist ein ganz neues, faszinierendes Gebiet.
Manch ernsthafter Mensch wird von mir denken: Der macht sich ja lächerlich! Und genau das kann manchmal das Richtige sein.

Entrümpeln

Eingefahrene Gewohnheiten, scheinbar selbstverständliche Pflichten, vermeintlich unverrückbare Anschauungen: Was davon ist wirklich nötig? Ist mir das ein oder andere nicht schon lange zu viel? Was verliere ich, wenn ich darauf verzichte, und was gewinne ich? Muss das Auto jeden Samstag gewaschen werden oder sollte ich in dieser Zeit lieber den kranken Schulkameraden besuchen, der sich immer so freut, wenn ich komme?

Brauche ich noch eine weitere Wohnung zum Vermieten oder gönne ich mir die Freiheit, auf den Steuervorteil zu verzichten, mir damit aber viele Scherereien zu ersparen?

Auch auf manche Fernsehsendung kann ohne Verlust verzichtet werden - vielleicht trifft man sich lieber mal mit alten Bekannten oder besucht mal eine Gemeinderatssitzung, einen Vortrag oder man bastelt seinem Enkel ein Holzgewehr oder eine Handpuppe.

Sicher fällt jedem ein ähnliches Beispiel ein. Wenn man sich auf das Wesentliche konzentriert, entstehen Freiräume für das Wichtigste: Meiner Meinung nach sind das gute menschliche Begegnungen.

Leben lernen – hier und jetzt!

Unsere Lebensdauer ist begrenzt. Die meisten kennen das seltsame Phänomen der beschleunigten Zeitwahrnehmung - je älter man wird, desto rascher verfliegt die Zeit. Der Versuch, sie anzuhalten oder in die gedrängte Zeit immer mehr hineinzustopfen, um mehr vom Leben zu haben, scheitert regelmäßig. Im Gegenteil: Je intensiver wir die Zeit verplanen, desto schneller scheint sie zu verstreichen.

Einen Zeitbegriff zu haben, scheint das Privileg - oder der Fluch? - von uns Menschen zu sein: Das Bewusstsein, sterben zu müssen heißt ja nichts anderes, als nur begrenzt Zeit zu haben.

Eine Krankheit und erst recht eine Krebserkrankung weist uns brutal auf diese Begrenztheit hin. Wie können wir damit umgehen? Ich habe kein Patentrezept.

Manchmal hilft allein schon mehr Gelassenheit: Je mehr wir uns unter Druck setzen - oder setzen lassen - desto hektischer gehen wir die Dinge an. Wer unterscheiden kann - was ist mir wichtig und was nebensächlich? - wird erst einmal abwägen, ob sich die Hektik lohnt, oder ob man sich erst einmal zurücklehnen kann. Und man sollte auch seine Grenzen akzeptieren - keiner kann die Welt ändern, erst recht nicht, wenn er sich überfordert. Andererseits glaube ich immer noch, dass es sich lohnt, für seine Überzeugungen und Ziele zu kämpfen, nur eben mit Verstand und nicht blindlings gegen Windmühlenflügel.

Viel Hektik könnten wir uns mit dem viel zitierten, aber immer noch guten Spruch ersparen:

Gott gebe mir

die Gelassenheit,
Dinge hinzunehmen,
die ich nicht ändern kann

den Mut,
Dinge zu ändern,
die ich ändern kann

und die Weisheit,
das eine vom andern
zu unterscheiden.

Gegen die Beschleunigung der Zeitwahrnehmung hilft vielleicht auch der Grundsatz: Bewusst genießen - und zwar sofort! Viele Menschen leben quasi nur „vorläufig" und rechnen damit, ihr Leben irgendwann später, spätestens als Rentner, genießen zu können. Das Hier und Jetzt wird nicht intensiv gelebt, sondern als Übergangsphase verstanden.

Dabei hält jeder Tag schöne Erlebnisse bereit. Wir haben nur nicht immer die Wahrnehmung dafür, weil unsere „Genusskanäle" verstopft sind.
Ein Espresso nach dem Essen: Zubereitung und Genuss gehen schnell, aber die fünf Minuten sind einfach für mich da.
Ein Sonnenuntergang: Wieso nicht kurz mal anhalten, aus dem Auto steigen und auf sich wirken lassen?
Noch schöner ist es, wenn man Genüsse mit anderen teilen und zu mehreren erleben kann - ein gutes Essen, ein schöner Film, ein Konzert ... die Gelegenheiten dazu muss man sich allerdings immer wieder schaffen.
Wichtig: Verschiebe den Lebensgenuss nicht auf morgen und warte nicht auf das große überwältigende Glück. Das Glück des Augenblicks erlebt man eher im Kleinen, manchmal Zufälligen. Das kann man lernen – es ist nie zu spät dazu. Ein Beispiel von mir selbst: Irgendwie hatte ich mir als Kind angewöhnt, Schokolade nicht gleich zu essen, sondern aufzuheben. Oft wurde sie dann grau und unansehnlich, kein Genuss mehr. Von meiner Tochter habe ich gelernt: Schokolade muss man sofort, hier und jetzt, im Moment des Ergatterns essen, und zwar komplett, dann ist der Genuss unmittelbar ohne Einschränkungen da und so frisch schmeckt die Schokolade auch am allerbesten. Den unkomplizierten Direktgenuss – von Kindern können wir ihn lernen!

Wenn es wirklich ernst wird – Hilfe suchen!

Das Schicksal wird immer wieder Tiefschläge für uns bereithalten: Krankheit, Unfälle, Tod, Geldsorgen, Familienkonflikte. Manches ist nicht lösbar. Gerade dann aber wäre es gut, als Gegengewicht etwas Schönes zu haben, ein Stück Freude, das aufmuntert. Auch bei schweren Schicksalsschlägen ist man nicht zur Depression verpflichtet.

Das Wichtigste aber ist, nicht allein zu bleiben. Hilfe suchen in der Not - zum Glück gibt es immer wieder Menschen, die sich als Helfer anbieten. Das können Familienangehörige, Freunde, Ärzte, Pflegekräfte, Psychologen, Seelsorger, Sozialarbeiter, Selbsthilfegruppen oder gemeinnützige Einrichtungen sein. Hilfsangebote gibt es auch in Zeiten leerer Kassen. Wir haben nicht nur das Recht, sondern geradezu die Pflicht, uns helfen zu lassen, wenn wir aus eigener Kraft nicht mehr weiter können. Sich keine Unterstützung zu suchen, wäre falscher Stolz oder unnötige Rücksichtnahme.

Hoffen wir, dass es in unserer Gesellschaft immer genügend Menschen geben wird, die da sind, wenn andere sie brauchen. Das zeichnet eine humane Gesellschaft vor allem aus. Und das sollten sich auch die Politiker und Wirtschaftslenker überlegen, die vom überteuerten Gesundheits- und Sozialwesen schwadronieren und einer Gesellschaft das Wort reden, in der sich jeder selbst der Nächste ist. Freie Bahn dem Tüchtigen? Auch für den Tüchtigen kann sich das Blatt rasch wenden und dann wird er froh sein, wenn (meist schlecht bezahlte) hilfsbereite Menschen für ihn da sind.

Und machen wir uns nichts vor: Wir werden als Gesellschaft immer älter. Die geburtenstarken Nachkriegsjahrgänge kommen langsam in ein Alter, wo alle möglichen Krankheiten allein schon altersbedingt zunehmen. Wir werden also nicht nur eine ältere, sondern auch eine kränkere Gesellschaft bekommen. Bereits heute zeichnet sich ein Ärzte- und Pflegekräftemangel ab. Wenn wir unserem Gesundheits- und Pflegewesen nicht genügend Geld zur Verfügung stellen, werden sich nur noch wirklich Begüterte eine umfassende Betreuung im Alter leisten können. Für die anderen bleibt eine Minimal- aber sicher keine Optimalversorgung. Heute sind künstliche Hüftgelenke für Betagte selbstverständliche Kassenleistung, wenn die Arthrose schmerzt oder der Schenkelhals gebrochen ist. Aber morgen? Das Ende der Solidarität zwischen (noch) Gesunden und Kranken zeichnet sich bereits ab - welche Politiker stemmen sich gegen diese Tendenz?

Die Qualität einer Gesellschaft lässt sich daran ablesen, wie sie mit ihren alten, kranken und hilflosen Mitgliedern umgeht. Wir sind vom Optimum weit entfernt, obwohl (oder weil?) doch offensichtlich sehr viel Geld in der Gesellschaft vorhanden ist, das aber irgendwie für die falschen Dinge ausgegeben wird und auch ziemlich ungerecht verteilt ist.

Doch es gibt auch Hoffnung, dass ein Umdenken stattfindet. Die Ellbogen-, Spaß- und Egoismusgesellschaft scheint aus der Mode zu kommen. Engagement und vielleicht sogar ein gewisser Idealismus scheinen wieder gesellschaftsfähig zu werden, nachdem jahrelang die „Weltverbesserer" als Utopisten verlacht und die Abzocker bewundert wurden, die ihre Erfolge auf dem Rücken Schwächerer erzielen.

Die Welt ist wirklich schlecht. Habgier, Machtgier, Fanatismus führen zu all der globalen Not und Ungerechtigkeit. Gleichgültigkeit ist die häufigste Reaktion des Normalbürgers. Resignation und Zynismus kommt bei den enttäuschten Idealisten oft vor. Ich möchte es am liebsten mit den „realistischen Utopisten" halten, die unverdrossen gegen Lieblosigkeit, Einsamkeit, körperliche und seelische Not ihrer Mitmenschen kämpfen, jeder so wie er kann, im Kleinen und im Großen.

Die Welt ist schlecht, ja, aber sie ist auch gut. Jeder kann ein wenig Gutes auf die Waagschale legen, das Schlechte kommt schon von allein.

Auf diese Weise können wir vielleicht doch ein kleines Stück Paradies auf Erden erleben – das diesseitige Paradies ist vielleicht nicht perfekt, aber wer kennt das jenseitige? Lieber heute leben – und wer das nicht fertig bringt, kann es wieder lernen. Dafür ist es nie zu spät.